## 光荣与梦想——"大语文"系列丛书总序

穿过一丛金色的墨西哥橘,六岁的小红豆头戴粉盔,骑着一辆有辅助轮的浅粉色自行车前行。在她身后跟着三岁的小青豆,蓝色背心、蓝色头盔,滑动着一辆海军蓝滑板车。

在温哥华的这个浅蓝清晨,我望着女儿红豆和儿子青豆的背影,捏紧了久违的轻快心情。此刻我的另一个儿子在太平洋彼岸舒展着拳脚,已经名扬神州、纵横四海,他就是十二岁的——大语文。

那一年际遇喜人,没落的大宋皇裔赵伯奇当时正是北大游泳队队长,俊美倜傥的郭华粹正要从不列颠返回国内,文坛世家陈思正将从哈佛启程,卸任了校学生会主席的朱雅特正要入住北大教育系设在万柳的高级学生公寓,北大辩论队队长"驴火歌王"邵鑫正准备离开校园大展拳脚,而本书的主要执笔人——我表弟张国庆,也正在收拾行囊欲来北京助我成就大事……那一年的我们,大多毕业于北大、北师大的中文系,本有着大不相同的人生规划,却因为我许下了五个耀眼的愿望,如埋下一粒豆子作为种子，我们相聚在一起，簇拥着走出了同一条人生轨迹。

那一年，种瓜得瓜，种豆得神。神奇的大语文诞生。

五个愿望：一愿我们投身于校外教育，把语文课变得有意思；二愿将大语文课程商业化，以丰厚的回报让大语文家庭过上富足而体面的生活，同时也让更多北漂的卓越人才敢于加入大语文战队；三愿大语文课程走向全国，使更多孩子受益；四愿大语文课程进入学校，深度补充和影响校内语文教育；五愿大语文走向世界，吸引更多华裔或其他学习者，使其对中国文学文化乃至世界文学文化产生较浓兴趣。

这是多么光荣的梦想。被商业繁荣笼罩着的华彩世界里，我们愿意燃烧年轻的生命，去照亮大语文，或是做烛去点亮大语文。

十二年后，我们作为一家颇具潜力的上市公司被广泛关注。原打算用一生去交换的五个愿望也开始一一实现，欢喜之余，我也冷静了下来。我对队伍说，我开始不甘心只为绽放一时，我想留下些许我们的代表作，让这些被汗水泪水浸泡着的奋斗产生的价值能够长久留存。

那么，什么才能做到长久留存？战国时期最伟大的弩机大师也随弩的入土而不闻于世，而孟子的浩然之气、庄子的逍遥自由却总让千年后的人们神往；历代精美的琉璃制品、珍珠黄金、武艺枪械、米铺碾坊，都随大江

一套写给中小学生的文学史

主编◎窦昕

"乐死人"的文学史

战国篇

石油工业出版社

## 《乐死人的文学史》编委会

主　　编　窦　昕

执行主编　赵伯奇　张国庆

豆神大语文名师编审委员会
　　　　　　窦　昕　赵伯奇　朱雅特
　　　　　　邵　鑫　张国庆　杨宏业
　　　　　　魏梦琦　殷程其　许　龙

编　　者　陆嘉炜　白　玲

美　　术　马姗姗　张嗣圣

东去；罗摩与神猴、罗密欧与朱丽叶、《西游记》与《水浒传》、雨果与左拉、马克·吐温与杰克·伦敦，才会百年千年流传。

锐意进取、诚信无欺，精良的产品确可以建立百年老店。

回归率真、淡泊功利，生动的文化才能够成就千载流传。

放下商业思维，忘记市场需求、获客成本等并无长久意义的盘算，回到我们出发时的初衷：我们为何而来？我们欲往何处？我们只做能够千载流传的好东西。

于是在大语文这个儿子步入青春期之时，我们有了新的憧憬，可以命名为"新五大梦想"。第一，创作完成整套大语文系列丛书，囊括校内学习、文学文化、写作技巧、课外阅读、非母语者的汉语学习等诸多内容，为语文教育和中国文学文化推广普及做出些微贡献。第二，以教育的视角，制作一部部精良的动漫剧集或真人影视剧，使千年来文学文化史上的关键信息和核心内容得以"大河小说"一般地记录。第三，以教育的视角，建立一个个还原各朝代各国家的互动式文化体验馆，以浸入式话剧及其他高科技交互方式，使孩子们能够生动浸入体验大语文课本中讲述的各个时空场景。第四，研发一系列语文学科的人工智能学习工具，使学生在学语文时遇到的绝大多数问题能够得以低成本、高精度解决。第五，牵头制定一项标准，该项标准能将所有汉语使用者（包括母语学习者、华裔非母语学习者、其他族裔非母语学习者、使用汉语的计算机软件）的汉语水平（尤其是对汉语背后的文化认知水平）在同一体系内进行评价。

又是一粒愿望的豆子种下去，遥望，又是数十年。不知又一个或几个十二年之后，我们这个队伍能否将"新五大梦想"一一实现。有了"回归率真、淡泊功利，生动的文化才能够成就千载流传"这样的"大语文精神"，我也衷心希望大语文团队能够永秉对语文教育的赤诚之心，将这星星之火种永传下去，不论熊熊烈焰或微弱火苗，皆然。

所幸，多年前我的几位学生，也已陆续加入了大语文战队，看来当年埋在他们少年时代的梦想种子已经发芽。种瓜得瓜，种豆得神。

小红豆喜欢绘画，她说她要和我合作画一本绘本。"会赚很多钱，然后送给你。"她说。我问："爸爸平时也不花钱，要那么多钱做什么呢？"小红豆一笑嫣然，她说："你可以用来制作更多的书啊！"

这真是种豆得神了。

窦昕
2019年8月于温哥华

# 阅读说明

**TA这一辈子** 再现作家的漫漫人生路,从大文豪的出身家世讲到临终之际。你想知道的名人趣事和八卦,这里应有尽有。

**超级访谈** 与重量级作家面对面交流,让名家亲自讲述动人的故事。我们耳熟能详的诗篇背后,是一把辛酸泪还是没心没肺的大笑?答案就在《超级访谈》!

**特别推荐** 《超级访谈》还没看过瘾?《特别推荐》继续由名人为你讲解他的得意之作或者其他大家的千古名篇,揭秘创作背景,透析作品灵魂!

**文苑杂谈** 深挖作者、作品之外的文学知识。古人怎么取名和字?诗词中曝光率最高的楼阁有哪些?读完《文苑杂谈》,你就是文学常识小百科。

**欢乐谷** 轻松一刻，用搞笑的四格漫画调侃作家或作品。嘘！千万别笑太大声，不然旁边的人还以为你读书读傻了呢！

**七嘴八舌** 作家的好朋友怎么评价他？作品中提到的人也有话要说？听大家七嘴八舌聊一聊，从不同的角度了解作家和作品。

# 目 录

惠　子　爱胡说的辩论家 / 7

荀　子　有两个名字的大牛人 / 23

韩非子　喜欢进言的思想家 / 39

孟　子　懂兵法的人生导师 / 55

墨　子　我坚决反对打仗 / 73

庄　子　宁当乌龟不做官 / 93

宋　玉　　　爱写辞赋的美男子 / 115

屈　原　　　祖国啊，我爱你 / 131

《战国策》　战国游士的演说录 / 149

《山海经》　中国古代最敢编的著作 / 167

# 战国文坛

中华文明绵延五千年，有记载的第一个朝代是夏朝，夏朝灭亡以后，紧跟着出现的就是商朝和周朝，周朝又分为西周和东周，而东周又可以分为春秋和战国。

春秋时期，周天子的势力减弱，诸侯国之间互相征伐，社会动荡不安。而战国时期，是继春秋时期之后，中国历史上又一个重大的变革时代。

经过春秋时期的各种战争，到战国时，诸侯国的数量已经少了很多，许多小国家都被兼并，只剩下了二十多个诸侯国，其中有七个国家最强，分别是齐、楚、燕、秦、赵、魏、韩，被称为"战国七雄"。

诸侯国变少了，原本分散的土地、人口、财富都被集中到了几个强国手里，各国国力随之增强，国家之间战争的规模急剧扩大。为了在激烈的战争中存活下来并统一天下，各国的君主都开始任用官员进行变法改革，

希望能迅速富国强兵。这一时期出现了很多有名的改革，比如秦国的商鞅变法、楚国的吴起变法、韩国的申不害变法、齐国的邹忌变法等。

最后，商鞅变法使秦国国力大增。公元前221年，秦国消灭了六国，完成了全国统一，标志着战国时代的结束。

据统计，战国时期，大大小小的战争有两百多次，一旦打起来，两个国家出动的军队动辄几万或者几十万人，数量巨大。

而在这样一个变动的时代里，西周以来的礼乐制度渐渐崩溃，一些士人为了改变社会、拯救百姓，在春秋时期各家思想的基础上研究探讨，提出了很多治国理念和方法，逐渐形成了各种学派，各学派间相互争论，出现了"百家争鸣"的局面。这一时期的文学，也具备了战国时期独有的特点。

## 着眼现实

春秋时期，诸子们还比较信仰天命，像孔子所说的"五十而知天命"，人到五十岁的时候，就知道上天的命令，知道自己命中注定什么样了。但到战国时期，诸子们都立足于现实，很少再提到"天命"。比如庄子，他的理论虽然很玄妙，人们经常看不懂，但还是建立在对现实清醒认识的基础上的。再比如孟子，他虽然继承了孔子的儒家思想，却并不怎么讨论孔子所说的"敬鬼神""畏天命"之类的，而是更多地讨论现实的"仁政"。

正是因为诸子们更加关注现实，所以他们的作品也就表现出更多对现实社会的批判。

## 风格各异

春秋时期，西周时所倡导的礼乐制度还没有完全崩溃瓦解，所以当时的文学不管是精神还是风格，大部分都是比较典雅的。但到战国时期，礼乐制度彻底崩溃，士人们的创作就突破了春秋时期温文尔雅的风格，表现出强烈的个性，呈现了不同的风格。

比如庄子，他跟老子一样，主张"无为而治"，简单来说就是君主不要过分干预国家，让其自然发展就行，所以他的著作《庄子》行文汪洋恣肆，有很浓厚的浪漫主义色彩。孟子继承孔子思想，主张仁政，爱护百姓，所以《孟子》给人的印象是理直气壮，很有气势。韩非子主张法治，用法律去约束人民，所以《韩非子》就写得非常犀利,直言不讳。而且《韩非子》里还有不少寓言故事,大家熟悉的"买椟还珠""智子疑邻""讳疾忌医"都记载在《韩非子》中。

同时,战国时期除了诸子之外,还出了另一个与众不同的文学家,那就是屈原。他的作品想象力特别丰富,飞天入海,无所不能,而且辞藻华美,是《诗经》之后的又一部巅峰之作。

另外,这个时期的文人们还整理了之前民间流传的各种神话故事,《山海经》就出现在这个时候,其中记载了很多有名的神话,比如夸父逐日、精卫填海、后羿射日等。

# 惠 子

## 爱胡说的辩论家

前390年—前317年，名施

称　号：惠子
籍　贯：宋国商丘（今河南省商丘市）
代表作："历物十事"①

---

① 惠子的著作，早已失传，现存最有名的是《庄子》中记载的惠子的十个命题"历物十事"。

# 惠子这辈子

惠子是战国时期政治舞台上最活跃的人物之一，作为合纵的组织人，他在当时各个国家都享有很高的声望。惠子的政治生涯主要在魏国，他为魏国制定法律，又主张齐国和魏国互相称王。而且，他是诸子百家中名家学派的创始人，推动了中国古代对逻辑空间的认识和发展，为哲学形而上学的判断提供了一种方式方法。

## 此处不留我，自有留我处

春秋战国是中国历史上一段非常混乱的时期，出现了很多诸侯国，尤其是战国时期，形成了七个强大的诸侯国，分别是齐国、楚国、燕国、秦国、赵国、魏国、韩国，并称为"战国七雄"。

这七个国家都想一统天下，于是出现了两种主要的策略，一种是"合纵"，一种是"连横"。战国中期的两大强国——齐国、秦国——刚好在战国七雄版图的东西两头。所以，从字面意思上看，可以将"合纵"简单理解为南北纵列的国家联合起来共同阻止齐国或秦国兼并弱国；将"连横"简单理解为弱国联合强国，以达到兼并或扩张土地的目的。

当时，惠子正在魏国，他是"合纵"策略最主要的提倡者，而魏王也比较信任他，打算采用"合纵"策略。但是，主张"连横"的主要人物张仪也来到了魏国，他极力游说魏王"连横"。魏王这人没什么主意，一听张仪说得也很有道理，就又答应"连横"。无奈之下，惠子只好离开魏国，去了楚国。

可是，楚王很不重视惠子，觉得他没什么才能。惠子在楚国待了一段时间，实在混不下去，只好又去了宋国，在宋国认识了他一辈子的好朋友——庄子。直到魏惠王去世，张仪不再担任魏国的国相，惠子才又重新回到魏国，最后在魏国去世。

## 学富五车，说的原来是他

惠子不仅很有政治才能，还非常聪明。他有一个好朋友，叫田需，很受魏王重视。于是，惠子告诫他，让他一定要小心，要对魏王身边的人示好。惠子还以杨树为例进行说明：杨树生命力非常顽强，横着栽种，它能生存；倒着栽种，它也能生存；甚至折断了再栽种，它还能生存。但是，如果有十个人栽培杨树，却有一个人

搞破坏，那它必死无疑。田需也一样呀，魏王很重视他，那嫉妒他、想除掉他的人也很多，他必然很危险，一定得小心才行！可见惠子对当时的局势看得多么清楚。

《庄子·天下》曾经称赞惠子，说"惠施多方，其书五车"，就是说惠子的本领很大、能力很强，他读的书也很多，要五辆马车才能装得下。后来，人们就总结出"学富五车"这个成语，来形容一个人学识渊博。

## 白狗？黑狗

后世小学生

惠老先生，您可把我害惨了，不能见死不救啊，求您了，救救我吧！

咦？你是谁？我不认识你，你找错人了吧？我没有害过人啊，你别瞎说，要不然我可报警了！

惠 子

后世小学生

唉，您不认识我，我可认识您。您是战国中期的思想家，是诸子百家里名家学派的代表人物，就是这个名家，可把我们害惨了。

怎么会呢？名家只是诸子百家里比较有名的学派之一而已，怎么会害人呢？况且名家的代表人物可不止我一个，邓析和公孙龙也很有名啊，你怎么不去找他们呢？

惠 子

后世小学生

我这不是正好遇上您了嘛！您不知道，名家的思想太难了，好多我都没办法理解，老师上课

后世小学生

讲的时候我又正好溜号了,没认真听。现在根本看不懂名家学者的言论啊,您可得给我讲讲!

惠子

名家是研究思维的形式、规律和"名""实"关系的哲学派别,所以又被称为"辩者""察士"。因为战国中期,社会变革激烈,旧有的概念已经不能正确反映事物的内容,而新出现的概念又不被认可。名实不符,才催生了名家学派。而且名家擅长辩论,在辩论中比较注重分析名词与概念的关系,重视物体和物体名称之间的关系,开创了中国的逻辑思想探究,所以稍微难理解一点儿。要不你说说哪里难理解,我给你讲讲。

后世小学生

我不理解的可多了,比如"白马非马"这个理论,说:"马者,所以命形也。白者,所以命色也。命色者,非命形也,故曰白马非马。"大概意思就是,白是一种颜色,马是一种动物的形状,白马就是白和马两种东西,不能算是马。照这么说,白狗也不算是狗,白鸟也不算是鸟,太奇怪了吧?

惠子

这个理论是公孙龙提出来的,其实啊,他的意思是说,马包括白马,也包括黑马、黄马、红马,但白马一定是白色的马,不会是黑马、黄马、红马,所以白马不是马,因为白马和马所指的范围不一样。就像你是中国人,也是人,但人不一定是中国人,也有可能是英国人、法国人、美国人,所以严格来说,"中国人"这个概念和"人"这个概念是不一样的,因为它们所包含的内容范围不一样。我讲清楚了吗?

后世小学生

哦,原来是这样,我懂了。那还有一个理论"**白狗黑**",说白狗也可以是黑的,这是怎么回事啊?既然都是白狗了,又怎么能是黑的呢,这不是胡说八道吗?

惠子

这个其实很好理解,你想想,在很久很久以前,人们看到一种颜色,就给它起了个名字,叫白色,所以我们说白狗是白色的。但是,如果当时人们给这种颜色起的名字不是白色,而是黑色,那咱们现在说的白狗不就是黑狗了吗?就像如果人们一开始不把衬衫叫衬衫,而把它叫成裙

子，那这种有扣子有两个袖子的衣服，现在就不应该叫衬衫，而应该叫裙子了。

惠 子

嗯……我好像懂了，名家的理论也太难了吧！

后世小学生

逻辑推理有时看起来就是与常识相左。唉，名家理论在战国中期是很兴盛的，但到战国后期就不怎么流传了，也是因为太难理解啊！用庄子的话说，就是**"能胜人之口，不能服人之心"**。也就是说你和我辩论，口头上我说不过你，你赢了，但是在心里，我其实并不服气。就跟"白狗黑"一样，你这么解释，我确实没话可说，但我心里不服！

惠 子

怪不得呢，诸子百家大部分都有作品流传下来，名家却没有，原来是这样啊！

后世小学生

是啊，这是我的一大遗憾，可惜没有办法了。

惠 子

14

后世小学生

惠老先生您放心，我回去一定好好学习，好好了解名家理论，不让它失传！

说得好，传承中华优秀文化就靠你们了！

惠 子

特别推荐

# 历物十事

我真是太倒霉了,堂堂一个名家学派的代表人物,竟然没有著作传世,说出去都丢人。不过,幸好我有一个好朋友,叫庄子,他在他的著作《庄子》里记载了一些我的思想,被后人总结成"历物十事",这才传到了后世。要不是庄子,估计我早就被人遗忘了。

算了,说这些也没用了,我打算好好解释一下"历物十事"里我的理论,让大家容易理解一些。要不然大家都看不懂这"十事",以后彻底失传了怎么办?那我可真的是倒霉透顶了!

今天就先解释其中的两个吧。一个是**"天与地卑,山与泽平"**,意思是,天空和大地一样卑下,山峰与湖泊一样平齐。这听起来很不可思议,但实际上,天比地高,山比湖高,都只是相对的,从地球上看是这样的,如果站在地球外面,从宇宙空间站看地球,就只能看见一个蓝色的球,连山和湖都看不见,哪还能看出天高地低、山高湖低啊。所以,万物都是相对的,只有相互对比才能看出它们的特点。

另一个理论是**"日方中方睨，物方生方死"**，意思是，太阳刚升到天空的正中，同时就开始西斜了，一个生命刚生下来，同时就开始走向死亡了。这听着有点奇怪，但仔细想想就很好理解。太阳是一直运动的，所以当太阳走到天空正中的时候，它不会静止在那儿，而是会继续向西走。生命也是这样，一个人不可能长生不老，最终的结果只有死亡，所以人一出生就在走向死亡。

好啦，今天就先解释这两个吧，太费劲了，真希望大家能好好研究一下名家理论，不要让它们失传了啊！

 文苑杂谈

# 我更了解鱼儿

惠子是战国时期诸子百家中名家的代表人物之一,他有一个好朋友,是当时道家的代表人物之一——庄子。所以,庄子的著作里就经常提到惠子,比如《庄子·秋水》里就有一个关于惠子的小故事。

有一天,庄子和惠子去外面玩,走到一座桥上的时候,俩人站在桥边看水里的鱼。庄子一看鱼儿在水里游来游去,就随口说了一句:"你看这鱼在水里游得多悠闲自在啊,这就是鱼儿的快乐了。"本来这可能只是一句感慨,结果惠子很较真,一听这话,马上就反驳庄子,说了一句后来很有名的话:"子非鱼,安知鱼之乐?"意思是"你又不是鱼儿,你怎么知道鱼儿就是快乐的呢?"

要说这话也没有问题,庄子又不是鱼,确实没办法知道鱼是不是快乐的。但庄子很聪明,很快就回答惠子,说:"你又不是我,你怎么知道我不知道鱼儿是快乐的呢?"惠子一听,哟,这话也有道理,就接着反驳庄子:"我不是你,当然不知道你知不知道,但你也不是鱼,所以你也不知道鱼是不是快乐的,这是肯定的。"

一般辩论到这里就结束了,因为完全找不到话来反

驳了，可庄子又接了一句，说："得了，我们都别吵，从最开始的话题说起，你不是问我从哪里知道鱼的快乐的吗？那我就回答你，我是在这座桥上知道的。"这是什么意思呢？原来，"安"这个字在古代有好几种意思，一种意思是"在哪里"，一种意思是"怎么"。惠子问庄子"安知鱼之乐"，可以理解成在哪里知道鱼儿的快乐，也可以理解成怎么知道鱼儿的快乐。惠子问的是第二种，即庄子是怎么知道鱼儿的快乐的，但庄子钻了个漏洞，把这个问题当成第一种理解给回答了。

七嘴八舌

张仪：哼，就算你再厉害，还不是被我从魏国赶走了，赶紧认输吧！

庄子：谁能研发出一个可以知道别人在想什么的机器啊？我一定要证明我知道鱼儿在想什么！

后世小学生：我的天啊，名家理论太难了，学不会啊！

扫码听乐死人的故事

# 荀 子

## 有两个名字的大牛人

约前 313 年—前 238 年①，名况，字卿

**称　号**：荀卿、孙卿
**籍　贯**：赵国②（今山西省）
**代表作**：《荀子》

---

① 对于荀子的生卒年，学界颇多争论，此处采用主流说法。
② 对于荀子出生地，有临猗、安泽、新绛三说，三地都属今山西省。

TA这一辈子

# 荀子这辈子

荀子是战国末期的著名思想家，是继至圣孔子、亚圣孟子之后儒家思想的集大成者。同时，他重新整理了很多儒家典籍，对儒家思想的传承也起到了很大作用。

## 老年人怎么了？照样牛

荀子的祖先本来是晋国人，后来立了功，被晋国的君主封了官，还赐了一块地方，正好就是荀国故地，所以荀子的祖先就把自己的姓改成了荀。

那个时代的人们没有我们现在这么通畅的网络、电

话等，在家里看不到外面的大千世界，要是想见识新东西，就必须去外面游学。所以，那时候外出游历学习的人特别多，荀子就是其中一个。他本来是赵国人，后来到齐国游说讲学，这没什么奇怪的。奇怪的是，一般人都是趁着年轻去外面游历，荀子却是在五十岁的时候才到了齐国。

不过，虽然荀子年纪大了，但他的地位一点也不低。齐国的国君很赏识他，让他担任了很多重要的官职，甚至还让他当了三次稷下学宫的祭酒，就是古代朝廷祭祀时负责摆酒祭祀神灵的长者。要知道，在古代祭祀可是国家的头等大事，可见荀子的名望之高。

## 太有才也是我的错吗

古人说："木秀于林，风必摧之。"意思是一棵树要是长得太高太突出，风刮过来的时候，一定会把它刮断。人也是一样，要是太厉害，很容易遭到别人的嫉妒。荀子虽然在齐国很受重视，但还是抵不住别人的诽谤，最后转战到了楚国。

当时，有四个很有名的礼贤下士的贵族，被尊称为"战国四公子"，他们分别是魏国的信陵君魏无忌、赵国的平原君赵胜、楚国的春申君黄歇、齐国的孟尝君田文。

荀子到楚国后，春申君听说了他的事迹，马上派人去找他，让他当了兰陵令，也就是兰陵这个地方的长官，荀子凭借着春申君的赏识又一次做了官。

　　但是，好景不长，没过多久，春申君就去世了。春申君一死，没人罩着他，荀子在楚国的名声又没有在齐国那么大，就被罢了官。这时候荀子年纪已经很大了，经不起折腾，只好在兰陵这个地方安了家，去世后也葬在了兰陵。

## 你说的我不服

朱 熹

荀况,你给我出来!谁让你胡说八道的!出来!敢说就别不敢当!

别吵别吵!你谁啊?找我干吗?要是来挑事的我可报警了!

荀 子

朱 熹

哼!别装了,整天拿什么"性恶论"来骗人,你还敢报警?有本事你就跟我解释解释!

谁说我的"性恶论"是骗人的?你可听好了!"今人之性,生而有好①利焉,顺是②,故争夺生而辞让亡焉;生而有疾③恶焉,顺是,故残贼生而忠信亡焉;生而有耳目之欲④,有好声色焉,顺是,故淫乱生而礼义文理亡焉。"

荀 子

---

① 好:喜欢。
② 是:这,指好利的本性。
③ 疾:嫉妒。
④ 欲:欲望。

超级访谈

朱熹

哼,不就是说人一生下来就有喜欢财利之心,依顺这种人性,就会产生争抢掠夺,不会再有推辞谦让;人一生下来就有妒忌憎恨的心理,依顺这种人性,就会产生残杀陷害,忠诚守信就消失了;人一生下来就有声色的贪欲,有喜欢音乐、美色的本能,依顺这种人性,淫荡混乱就产生了,而礼义法度就消失了。我承认你说的有道理,但是我也有个疑问,如果人的本性就是恶的,那为什么还会有孔子、孟子这样的圣人呢?难道他们不算是人吗?

荀子

我可没说他们不是人。虽然人生下来就是恶的,但是为了防止人们出现争抢掠夺、残杀陷害这样的恶行,就一定要有法度来规范他们,也要有礼仪来教化他们,这样他们才会慢慢地改正恶的本性,成为善良的人。就是"**故必将有师法之化①,礼义之道②,然后出于辞让,合于文理,而归于治③。**"

朱熹

哼!我说不过你,但你也说服不了我。

---

① 化:教化。　　② 道:引导。　　③ 治:安定太平。

荀子

我可不打算说服你,古往今来,从来都是各种理论争奇斗艳,关于人性到底是善是恶,历来就有很多争论。比如西汉的扬雄,他就认为人性中既有善,又有恶,认为**"人之性也善恶混,修其善则为善人,修其恶则为恶人。"**就是人的本性中有善恶两种因素,它们都是与生俱来的,要是发展其中善的因素,就会变成善良的人,要是发展其中恶的因素,当然就会变成恶人。比如,现在有一对双胞胎,一生下来就被送到不同的成长环境中。弟弟呢,就整天给他看一些暴力血腥的电影、书籍。哥哥呢,就给他看一些温暖而有教育意义的电影、书籍。等到俩人都成人了,弟弟由于天天接受暴力血腥的教育,极有可能会变成一个恶人,而哥哥呢,由于总是接受那些有意义的教育,极有可能会变成一个善良的人。这就证明人性中既有善,又有恶,发展哪一方面,就会变成哪种人。

朱熹

扬雄这不就是把孟子他老人家的"性善论"和你的"性恶论"结合在一起了吗?这是投机取巧,不算!

荀子

行,那我就再跟你分析分析。不只是中国,西方学界对人性这个问题也有很多争论,比如苏格拉底,他就坚定地相信人性本善,认为"人之为人,在于灵魂的求善",人的本性是向善的,这就是人之所以能成为人的理由。而苏格拉底有个学生,叫柏拉图,他就觉得老师说得不对,他认为人的恶的行为有一定的必然性。这下你该服了吧?不管是中国还是西方,在人性的问题上都有不同的观点,只有当不同的观点相互碰撞时,大家才能一起进步,你怎么连这个道理都不懂!

朱熹

好吧,其实仔细一想,你说得也有点道理。但人性是很复杂的,我还是回去研究研究,再来和你讨论吧。

行,我也再研究研究,到时候叫上扬雄一起来啊!

荀子

## 可得好好学习啊

我生活的这个时代，实在太乱了，各个国家之间打来打去，老百姓们天天都琢磨着怎么活下去，哪儿还有工夫去接受教育啊。人性本恶，在这样的大环境下，人们再不重视教育的重要性，可怎么得了！唉，再这样下去肯定不行，我得写一篇文章，劝大家好好学习！文章的题目就叫《劝学》，简洁明了，一听就懂。而且，我一定要重点讲讲学习过程中最重要的一点：坚持。

众所周知，不管森林还是湖泊，都不可能是一天之内形成的，而是由一棵棵树木或一滴滴水滴积累而成的。人的德行也是一样，只要保持善良，一天天积累，自然就会心智澄明，达到圣人的精神境界。反之，如果不积累一步一步的路程，永远都没办法走到千里之外，不积累一条条小河，那江海也就不会成为江海。

在生活中，坚持与不坚持的区别很大。那些千里马虽然很厉害，但如果它只往前跑几步，不管它步子有多大，也不会跑得太远，而那些劣马，虽然每步都跑不了太远太快，但要是坚持一直跑，也能跑得很远。这就是

**特别推荐**

"骐骥①一跃,不能十步;驽马②十驾③,功在不舍。"同样的,一个工匠雕刻东西,如果他不坚持,雕刻几下就放弃了,就算是腐朽了的木头他也雕不断。但如果他锲而不舍,一直坚持雕刻,就算是金属或者石头,都能把它雕刻成形。正所谓"锲④而舍之,朽木不折;锲而不舍,金石⑤可镂。"

---

① 骐骥:骏马,千里马。
② 驽马:劣马。
③ 十驾:马拉车一天所走的路程叫"一驾"。
④ 锲:用刀雕刻。
⑤ 金石:金属和石头。

看看自然界中的生物，蚯蚓算是很弱小的吧，没有锋利的牙齿，没有尖锐的爪子，也没有坚硬的外壳，却能够在土里找到食物，能在地下喝到甘甜的泉水，就是因为它天天专心地打洞。而螃蟹呢，看起来比蚯蚓强大多了，却只能住在蛇、蟮挖出来的洞穴里，要是找不到洞穴，它就没地方住，究其原因就是它不愿意坚持给自己打造一个住所。

我举了这么多例子，又是讲马又是讲蚯蚓、螃蟹，就是想证明，只有坚持不懈、持之以恒，才有可能获得最终的胜利。唉，真希望人们明白这些道理，好好学习！

文苑杂谈

# 到底叫荀卿还是叫孙卿

中国古代典籍里,常常会出现用不同名字记载同一个人的现象,像曹沫和曹刿、陈完和田完,其实都是一个人。荀子也是这样。有的典籍里记载的是荀卿,有的典籍里记载的却是孙卿,到底是怎么回事呢?主要有以下三种解释。

第一种解释,荀子本来叫荀卿,到汉代的时候,因为汉宣帝叫刘询,为了表示对皇帝的尊敬,要避讳①,不能提到或者写到"询"这个字,同音的也不行,所以荀子就被人们改了名,变成了"孙卿"。但是学界对这种说法也有不同的观点,认为汉代的时候还没有这么严格地遵循避讳,而且典籍里记载的荀淑、荀爽、荀悦、荀或这些姓荀的人都没有改名,为什么就荀子改名了呢?这说不通。

第二种解释,在古代,"荀"和"孙"的读音是一样的,人们分不清,就把"荀卿"变成了"孙卿"。就像荆轲,在卫国的时候人们叫他庆卿,在燕国就变成了荆卿,也是因为"庆"和"荆"的读音在古代是很像的,

---

① 避讳:中国古代为了表示对君主和长辈的尊敬,对于君主和长辈的名字,必须避免直接说出或写出,一些不吉利的字词也要尽量避免。

所以荆轲其实也可以被叫成庆轲。但这个说法也有人反驳，认为不是这两个字读音相同，而是因为方言不一样。荀子是赵国人，在赵国"荀"这个字就念荀，但是荀子去世以后，他的子孙到了齐国，在齐国的方言里，"荀"这个字的读音跟"孙"一样，所以"荀卿"就变成了"孙卿"。

第三种解释就更复杂了，认为"荀"这个字是写成"郇"的，所以荀子本来是郇卿。郇卿是周代郇伯的后代，郇伯又是黄帝的后代，黄帝是公孙氏，所以郇伯的后代又可以随着他们的老祖先叫孙卿。也就是说荀子其实有两个名字，一个是荀卿，一个是孙卿。这要是放到现在，估计就得有两张身份证了。

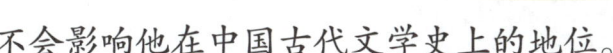

曹沫和曹刿？
陈完和田完？
荀卿和孙卿？

总之，不管是因为避讳还是因为读音相近，或者是因为他本来就有两个名字，荀子都是中国古代有名的思想家，不管他叫什么，都不会影响他在中国古代文学史上的地位。

七嘴八舌

春申君

唉，荀子啊，我马上就罩不了你了，你赶紧找个新靠山吧！

你可等着吧，我肯定驳倒你，说得你哑口无言！

朱　熹

孙　武

你说你又姓荀又姓孙的，我也姓孙，你说人家喊孙子的时候，是喊你还是喊我？

扫码听乐死人的故事

# 韩非子

## 喜欢进言的思想家

前 280 年—前 233 年[①]，别名韩非、韩子

称　号：韩非子

籍　贯：韩国新郑（今河南省新郑市）

代表作：《韩非子》

---

[①] 对于韩非子的生卒年，学界颇多争论，此处采用主流说法。

TA这一辈子

# 韩非子这辈子

在教导君主怎么治国的百家里,有一家不得不提,那就是法家,而法家的代表人物,就是韩非子。

## 口吃也能受赏识

韩非子是战国时期韩国的公子,身份非常尊贵。但是,他有一个很大的缺点,就是口吃,经常一句话半天也说不清楚。韩王因此很不喜欢韩非子,也不怎么重视他。

战国末期,各个国家之间相互吞并、征伐,韩国的国力又很弱小,眼看就要灭亡了。韩非子心里着急啊,向韩王进谏了好几次,提了好

多治理国家的建议，但韩王都不采纳。没办法，韩非子只好待在家里写书，写了十几万字，来表达自己的思想。

韩非子的文章不受韩王的重视，没料到，倒被秦王看到了。秦王想："天下还有这种人才？在哪呢？我一定要把他抢过来，让他来辅佐我。"一打听，韩非子就在韩国呢，秦王马上带兵出征，率领大军打到了韩国城下，要求韩王把韩非子献出来。

韩王吓得战战兢兢，心想，怎么回事啊？秦国这么快就来打韩国了？这下可怎么办？正慌着呢，秦国的使者来了，将秦王的意思传达给韩王以后，韩王乐了，韩非子不就是那个口吃的人吗？行啊，只要秦国不灭韩国，要走一百个口吃的人都行。就这么着，韩非子被秦王抢到了秦国。估计当时的其他国家也很纳闷，没听过还有人带兵就为抢个口吃的人回来的，这口吃的人到底有多厉害啊？

### 大王，求您报个班，不要再被蒙蔽了

韩非子到了秦国以后，很受秦王重视，提出的好多建议都被秦王采纳了。但是，秦国的另一个大臣李斯不乐意了，心想："你一个口吃的人，凭什么这么受秦王喜

欢啊!"他就开始设计陷害韩非子。要说韩非子也真是运气不好,就在这个时候,他给秦王进谏了一篇文章,名字叫《存韩》,就是劝秦王攻打六国、统一天下的时候先不要打韩国,先去打别的国家。

李斯一看,机会来了,马上向秦王进言,说韩非子虽然人在秦国,心却在韩国,还想着保存韩国。秦王听了,觉得有点道理,就下令把韩非子关进了监狱。韩非子也是冤啊,他提出的建议本来是好心好意为了秦国着想,没想到秦王脑子不好使,这么容易就被李斯给忽悠了。

不过,秦王也不至于那么傻,回去想了想,觉得韩非子说得还是有道理的,就又派人去监狱,想把韩非子给放了。可是,李斯早已料到秦王会反悔,早就派人给韩非子送了一杯毒酒,秦王的命令到达的时候,韩非子刚刚喝完毒酒去世。要是韩非子在天有灵,估计想对秦王说一句:"大王,求您去报个班,不要再被蒙蔽了,行吗?"

## 你说谁是蛀虫

荆轲

韩非子,你给我出来!敢做不敢当,你这个废物!出来!

韩非子

啊!荆轲,你竟敢用剑指着我,是想杀了我吗?还有没有王法了!

荆轲

哟?你不口吃了?可别忘了,咱俩现在可是在书里,我才不怕什么王法!我问你,你是不是在《韩非子·五蠹》里说我们游侠是蛀虫?

韩非子

没错!蠹就是蛀虫,你们游侠就是像蛀虫一样侵害国家的人,有什么不对吗?

荆轲

我们怎么就是蛀虫了?怎么就侵害国家了?赶紧的,给我说清楚!

超级访谈

韩非子

现在的社会这么混乱，就是因为有五种坏人。第一种是那些写书的学者。他们喜欢讲些仁义道德之类的假话，动摇君主的决心。第二种是那些喜欢到处游说的人。表面上看起来，他们想让这个国家变好，但实际上，他们就是想当官，想为自己谋利罢了。第三种就是你这样的游侠刺客。天天带着剑去杀人，落了个忠义的好名声，却破坏了国家的法度，你们就是杀人犯。第四种是逃避兵役的人。要想不被灭国，就得有强大的军队，就必须有人去参军服兵役。这些人却不愿意参军，还贿赂别人，可恶至极！第五种是那些工匠和商人。他们制造、买卖的都是些假冒伪劣的东西，还拿着这些假货去欺骗农民，真该被关到监狱里！你说说，这五种人，"学者""言古者""带剑者""患御①者""商工之民"，难道不是"邦之蠹"，不是侵害国家的人吗？

荆 轲

原来是这样，你觉得我们触犯了法律，所以说我们是侵害国家的人。但那也只是一部分人

---

① 患御：逃避兵役。

荆轲

啊，还有一部分游侠，是像我一样护卫国家的大英雄，你怎么能说我们全都是蛀虫呢？

韩非子

嗯，你说得对，是我说得太笼统了。像你这样，"知其不可而为之"，明知道可能会失败，却还是为国家献出生命的人，是值得我们敬佩和学习的！可惜啊，现在道歉也没用了，就算我改正了，把文章写得特别好，还不是没办法得到重用，最后也是死路一条啊！

荆轲

为什么？你这么有才，秦王为什么要杀你？

韩非子

唉，你不知道，秦国的丞相是我的同学李斯。他心眼特别小，看到秦王重用我就嫉妒得不行，故意在秦王面前说我的坏话。秦王这才把我打入大牢，李斯逼迫我喝毒酒，不让我见秦王。

荆轲

这样啊！李斯可真是个小人，秦王也不是个明君，偏听偏信，真后悔我没有杀了他啊！

好了好了，都过去了。走！咱俩喝酒去，你给我讲讲你行侠仗义时遇上的好玩的事儿呗！

韩非子

## 交浅可不能言深啊

我生活的这个时代,到处都是战争,每个国家都想把别的国家吞掉来壮大自己的力量。可是,要想打胜仗,光有军队不行,还得有人出谋划策,因此,谋士贤才在这个时代特别吃香,各个国家都抢着要。我就是一个有名的治国贤才,但是我生活在一个非常不争气的国家——韩国。韩国实力本来就弱,又被大国打来打去,眼看就要灭亡了。我向国君提了好多建议,条条都是治国法宝,他却一条都不听,真是气死我了!但是,我竟然得到了秦王的赏识,他想让我辅佐他一统天下,这样我也能有个地方施展才华,真是太高兴了!只是,听说秦王脾气不好,因此,我得想想给他进言的时候要怎么说才行。

我听说过一个故事,宋国有一个富人,家里特别有钱,有一天下暴雨,把他家的墙壁给淋塌了。下点儿雨就把墙淋坏了,这要是放在后世,绝对是豆腐渣工程。墙坏了肯定不行啊,这个富人的儿子就对富人说:"如果不把墙修好,一定会有小偷进来偷东西的。"富人的邻居是位老人,这位老人也对富人说:"要赶快把墙修好,否则会有小偷进来偷东西。"但这个富人谁的话也没有听。到了晚上，富人家果然丢了很多钱。富人一想："我儿子早就跟我说如果不修墙就会有小偷进来，果然是这样，我儿子可真聪明啊！"于是，他就表扬了自己的儿子。但他转念一想："邻居家那个老头儿说如果不修墙就会有小偷，他怎么说得那么有底气？他一定就是小偷！"于是他认定邻居家的老人偷了他们的东西。我在《说难》里面记载了这个故事："**宋有富人，天雨①墙坏。其子曰：'不筑②，必将有盗。'其邻人之父③亦云。暮④而果⑤大亡⑥其财。其家甚智其子⑦，而疑邻人之父。**"

按理说，这个富人的儿子和邻居说的是一样的话，为什么富人就觉得他儿子很聪明，却怀疑邻居家的老人呢？说了同样的话，却得到了不同的对待，这可真是奇怪。我仔细

---

① 雨：下雨。　② 筑：修筑，修好。　③ 父：老人。
④ 暮：晚上。　⑤ 果：果然。　⑥ 亡：丢失。
⑦ 智其子：认为他的儿子很聪明。

特别推荐

琢磨了一下,才发现,原来是因为富人的儿子和富人的关系更亲近,所以他说的话富人会相信,而富人的邻居和富人的关系没有那么亲近,所以他说的话富人就会怀疑。这就是交浅不能言深的道理,交情很浅薄,说话就不要太深入,不要跟他说心里话。

所谓"伴君如伴虎",我和秦王打交道也要谨言慎行。我刚到秦国,和他的关系还不是特别亲近,他也不是很相信我,那我就不要跟他说心里话,等到和他关系更亲密了,他非常信任我了,我再跟他好好地说一说治国的道理吧。

只是,我真是太可怜了,把君主的心思摸得这样透,想了这么久要怎么向秦王进言,可终被小人所害。我能怎么办?我也很绝望啊!

## 讳疾忌医啥意思

韩非子是战国时期有名的思想家。众所周知，思想家思考的往往都是一些非常高深的道理，说出来让人听不懂的那种。但是，由于韩非子生活在战国时期，要想得到君主的赏识，让君主采纳自己的建议，就必须说得通俗明白，让君主能听懂，这样君主才会考虑要不要采纳。否则，君主都听不懂，就不可能采纳建议，也不可能重用提建议的人了。于是，怎么把高深的道理讲明白，也是当时思想家们要考虑的问题。

韩非子就很厉害，他特别喜欢讲故事，几乎每次讲一个大道理之前，他都会先讲一个小故事做例子。这样一来，有些难懂的道理通过例子就容易理解了。韩非子举过很多例子，其中有不少都非常有名，有的还被总结成了成语，一直

文苑杂谈

流传到现在。

韩非子在《韩非子·喻老》里讲过这样一个故事。有一个医生叫扁鹊，有一次，他去见蔡桓公。见了蔡桓公，他也不说话，就站那儿看着，半天说了一句："您有病！现在这病还停留在皮肤的纹理之中，要是不赶快治，病情就会加重。"蔡桓公就对扁鹊说："寡人无疾！"估计他心里正在骂扁鹊："你才有病呢！"等扁鹊走了，蔡桓公就对身边的侍卫说："现在的医生啊，就喜欢给没病的人看病，还把这说成是自己的功劳。"

过了十天，扁鹊又来见蔡桓公，对蔡桓公说："君之病在肌肤，不治将益深。"意思是蔡桓公的病已经发展到了肌肉里，再不治，还会加重啊！蔡桓公心想："每次一见面就说人家有病，我看你才有病吧。"蔡桓公生气了，不理会扁鹊。

又过了十天，扁鹊来见蔡桓公，又说："君之病在肠胃，不治将益深。"蔡桓公更生气了："说一次两次就算了，一直说，你才病得不轻吧。"他还是不接受扁鹊的建议。

又过了十天，扁鹊来见蔡桓公，蔡桓公还等着他说"您有病"呢，结果扁鹊一看见他，二话不说，转身就走。蔡桓公很奇怪："咦？你不是次次都说我有病吗？这次怎么不说了？"他就派人追上扁鹊，问他怎么回事。

扁鹊就说:"病在皮肤纹理上的时候,只要借助熨烫的力量就可以治好;病在肌肉里的时候,只要针灸就可以治好;病在肠胃里的时候,只要用火剂就可以治好;病在骨髓里的时候,那就是阎王管的事儿了,我也没办法了。"蔡桓公一听:"嘿!你这老头,是说我没救了只能等死吗?我还偏就不信!"结果,五天后,蔡桓公浑身疼痛,赶紧派人去请扁鹊,扁鹊却已经逃走了。不久,蔡桓公就病死了。

后来,人们就从这个故事里总结出一个成语,叫"讳疾忌医",意思是隐瞒自己的病,不愿意去看医生,常常被用来比喻因为害怕别人的批评而掩盖自己的错误。

七嘴八舌

李 斯

谁让你比我厉害这么多,要是不陷害你,我丞相的位置就被你抢走了!

我后悔啊,我怎么就听了李斯的话,把韩非子关起来了呢?不然,我早就统一天下了。

秦 王

孔 子

说儒家学者是蛀虫?不想活了吧你,我有三千弟子,一人一口唾沫,就能把你淹死!

扫码听乐死人的故事

# 孟 子

## 懂兵法的人生导师

约前 372 年①—前 289 年，名轲

称　号：亚圣，与孔子并称"孔孟"
籍　贯：邹国（今山东省济宁市邹城市）
代表作：《孟子》

---

① 对于孟子生年，学界颇多争论，此处以《孟氏宗谱》上所记为准。

TA这一辈子

# 孟子这辈子

孟子是战国时期著名的哲学家和思想家,也是儒家学派的代表人物,他的地位仅次于孔子,和孔子并称为"孔孟"。孟子的思想主张很有名气,直到现在,我们的语文课本里还有不少孟子的作品。

## 有个"虎妈"是什么感受

孟子虽然被尊称为"亚圣",但他小时候可是个调皮蛋,要不是他有个"虎妈",估计历史上就不会有"亚圣"了。孟子的父亲去世得很早,母亲没有再嫁。孟子的母亲对孟子管教很严厉。一开始,他家住在墓地边,孟子就常常扔下书,去和邻居家的小孩学着大人送葬的模样跪拜号哭,玩得不亦乐乎。孟子的母亲看见了,差点被气晕,这哪行啊,想培养的是个文人,别培养出来个哭丧的,赶紧搬家!孟子家就搬到了集市边。结果孟子又和小伙伴们学商人做生意,大声吆喝着跑来跑去,孟子的母亲看见了,又气得半死,再次搬家,搬到了屠宰场的边上。孟子一看,觉得更有意思了,天天去学那些屠夫们宰杀猪羊的样子。见自己的儿子这么不争气,孟子的母亲更生气了，把家又搬到了学校附近。这下，孟子整天没事干，就去学校里玩，跟着老师们学习典籍和礼仪，成了一代名儒。后来，人们给这个故事起了个名字，叫"孟母三迁"。①

孟子长大以后，母亲仍然会时不时地教导他。有一次，孟子的妻子一个人在屋里，伸开两腿坐着。孟子进屋看见妻子这样，就出去对母亲说："我的妻子不讲礼仪，我要把她休了！"孟母感到很奇怪，就问原因，孟子说："她伸开两腿坐着。"要知道，古人讲究坐有坐姿，尤

---
① 在春秋战国时期，商人和屠夫都是非常低微卑贱的职业。

其是女子，伸开两腿坐是非常不礼貌的。孟母又问："你怎么知道的？"孟子说："我亲眼看见的。"孟母就批评孟子："这就是你没礼貌，不是你妻子没礼貌。《礼记》上都说了，进屋的时候得先问问屋里有谁在，让人家知道你来了；进了门，眼睛得往下看，以防人家没有准备。现在你到你妻子屋里，没提前跟人家打招呼，让人家措手不及，明明是你不讲礼仪！"孟子这才认识到是自己失礼在先，便不敢再说休妻的话了。

## 同是天涯沦落人

孟子和孔子一样，都是儒家思想的代表人物，虽然他们一个是战国时期的人，一个是春秋时期的人，差了将近两百年，但还是有着千丝万缕的联系。

孟子曾经说过："予未得为孔子徒也，予私淑诸人也。"意思是他没能当成孔子的徒弟，而是从孔子的门徒那里获取了知识。可见孟子确实与孔子有关系。据《史记》记载，孟子是向孔伋的徒弟学习的，而孔汲又是孔子的孙子，所以，孟子的老师的老师的爸爸的爸爸，就是孔子。这关系，可真是太复杂了！

除了这层关系以外，孟子和孔子还有很多相同的地方。比如，他们两个都出生于贵族家庭，正好到他们这一代的时候没落了；比如，孟子也曾经像孔子一样，带着学生周游列国，说服君主以仁义治理国家；再比如，孔子说服各国君主失败以后，就回家教书育人了，孟子也一样，没有君主愿意接受他的学说，他只好回家整理经书典籍，教导弟子。

## 为啥称"亚圣"

孔子是中国历史上有名的大圣人，被称为"至圣"，在他之后，儒家的另一个代表人物孟子，被人们称为"亚圣"，就是比"至圣"低那么一点点的圣人。而这个称呼，是和孟子的思想有关的。孟子虽然继承了孔子的很多思想，但也有不少自己的创新。比如，孟子主张"性善论"，认为人一生下来，品性就是善良的，但是后天有太多不好的东西容易把人带坏，所以教育就很重要，可保持人的本性不改变。再比如，孟子还提出"民贵君轻"的思想，他认为老百姓比君主重要多了。一个人，要是能得到诸侯国君主的赏识，那他就能做大夫；要是他能得到老百姓的支持，那就可以做君主了。可见孟子十分强调老百姓的重要性。

## 加油吧兄弟

司马迁：孟轲，孟轲！你在吗？唉，我受不了了，快来陪我喝酒！

啊！这不是司马老弟吗？你这是怎么了？

孟子

司马迁：唉，就因为帮李陵辩解了几句，我就被施了宫刑，我还有什么脸活下去啊！不说了，喝酒！

别呀，司马老弟，且听为兄一言。你知道舜、傅说、胶鬲、管夷吾、孙叔敖、百里奚这些人的事儿吗？

孟子

司马迁：你就别拿我寻开心了，这些大名人我怎么可能不认识呢。舜就不用说了，是"三皇五帝"的五帝之一，有名的贤主。傅说是商朝有名的贤臣，辅佐商王武丁建立了"武丁中兴"的辉煌盛世。胶鬲嘛，是周文王留在商朝的内应，帮着周

司马迁

武王灭了商朝，建立了西周。至于管夷吾，不就是管仲嘛，他是春秋时期齐国有名的政治家，要不是他，齐桓公也不会那么快就成了霸主。孙叔敖这人我也知道，是春秋时期楚国的宰相，帮着楚庄王成了霸主。最后一个是谁来着？对，百里奚，哎呀，这人我熟，齐国没落宗室子弟，因不被重用而投奔虞国，虞国被晋国消灭后，他成了俘虏，不过没多久就被秦王看上了，接着被当作陪嫁送往秦国，不堪屈辱的他又逃到了楚国，最后还是被秦穆公用五张羊皮从奴隶市场上又换回来了，之后，辅佐秦王七年，使秦国国力大增。

孟子

是的，你想想他们的经历：舜是从田野耕作之中被起用的，傅说是从筑墙的劳作之中被起用的，胶鬲是从贩鱼卖盐的市场中被起用的，管夷吾是从狱官手里被救出来并受到任用的，孙叔敖是从海滨隐居的地方被起用的，百里奚是从奴隶市场里被赎买回来并被起用的。就是我在《生于忧患，死于安乐》中说的："舜发①于畎亩②之中，傅说举③于版筑④之

---

① 发：发迹，即得到重用。　　② 畎亩：指田野耕作。
③ 举：被重用。
④ 版筑：筑墙的时候在两块夹板中间放土，用杵捣土，使它坚实。

超级访谈

间，胶鬲举于鱼盐①之中，管夷吾举于士②，孙叔敖举于海③，百里奚举于市④。"

孟子

司马迁

这些人怎么被起用的关我什么事啊，我又没有遇到那么贤明的君主，你跟我说这些有什么用啊？

你听我说完啊。从这些人的经历可以看出，上天要把重任降临在某人的身上，必定要先使他的内心痛苦，使他的筋骨劳累，使他忍饥挨饿，以致身体空虚乏力，使他的每一个行动都不如意，用这样的方式来磨砺他的心志，使他性情坚忍，增加他所不具备的能力。可谓："**故天将降大任⑤于斯⑥人也，必先苦⑦其心志，劳其筋骨，饿其体肤，空乏其身，行拂乱其所为，所以动心忍性，曾⑧益其所不能⑨。**"

孟子

---

① 鱼盐：此处意为在海边捕鱼晒盐。
② 士：监狱里的小官。
③ 海：海滨。
④ 市：市井。
⑤ 任：责任，担子。
⑥ 斯：代词，这，这些。
⑦ 苦：使动用法，使……苦恼。以下的"劳""饿""空乏""拂乱""动""忍"都是使动用法。
⑧ 曾：通"增"，增加。
⑨ 能：才干。

司马迁

咦,好像有点道理啊,你接着说。

孟子

一个人常常犯错,然后才能改正;内心忧困,思想阻塞,然后才能奋起;心绪显露在脸色上,表达在言语中,然后才能被人知道。一个国家,如果在国内没有坚守法度的大臣和足以辅佐君王的贤士,在国外没有与之匹敌的邻国和来自外国的祸患,就常常会有覆灭的危险。这样,就知道忧愁患害足以使人生存,安逸享乐足以使人灭亡的道理了。这就是我写的最后一段:"人恒①过,然后能改;困于心,衡②于虑,而后作③;征于色④,发于声,而后喻⑤。入⑥则无法家⑦拂士⑧,出⑨则无敌国外患者,国恒亡。然后知生于忧患而死于安乐也。"

---

① 恒:常常,总是。
② 衡:通"横",阻塞,指不顺。
③ 作:奋起,指有所作为。
④ 征于色:面色上有征验,意为面容憔悴。
⑤ 喻:知晓,明白。
⑥ 入:在国内。
⑦ 法家:有法度的世臣。
⑧ 拂士:辅佐君主的贤士。拂(bì),通"弼",辅佐。
⑨ 出:在国外。

司马迁

"生于忧患,死于安乐。"说得好啊!我这就回去琢磨琢磨能干点啥,不能再一直沮丧下去了。

行,去吧,下次再来找我喝酒啊!

孟子

## 少欺负我不懂兵法

我所处的时代啊,那可真叫乱,天下被分成了许多国家,相互打来打去。为了打胜仗,各个国家都在招揽人才。我呢,正好趁着这个机会去各个国家游说,想让他们接受我的主张,毕竟我主张仁政,要求爱护百姓,这可是治国的基础,应该没人不欢迎吧。可谁知那些君主竟然都拒绝了我,说我的主张还不如兵书有用,气死我了!这不,一回来我就去看《孙子兵法》,想知道孙武的主张比我好在哪里。结果,不看不知道,一看哈哈笑,孙武这不是胡说八道嘛,还说什么"兵者,诡道也",说兵法是千变万化、出其不意的。这是欺负我不懂兵法吗?兵法就算变化万千,也是有根本原理的。诸位,且听我好好地讲上一讲!

我认为,在作战的时候,有利的时机和气候不如有利的地势,有利的地势不如人的齐心协力,即"**天时**[①]**不如地利**[②]**,地利不如人和**[③]"。为什么这么说呢?

假设一座城,有三里长的内城墙、七里长的外城墙,

---

[①] 天时:作战的时机。
[②] 地利:山川险要,城池坚固等。
[③] 人和:人心所向,内部团结等。

特别推荐

这要是放到现在，还没有北京市的十分之一大。就这么点儿小城，敌人四面围攻，就是没办法攻破，按理说，围攻了这么久，总有碰到好时机或者好天气的时候，却还没有攻破城墙，这就说明有利的时机和气候不如有利的地势。

虽然有有利的地势，小城最后还是被攻破了，为什么呢？不是因为这城池的城墙不高，也不是因为它的护城河不深，更不是因为兵器不锋利、粮草不充足，而是因为人心不齐。眼看着敌人打过来了，老百姓们不想着怎么抵抗，都想着怎么逃跑，不能齐心协力御敌，所以就失败了。这说明，有利的地势又不如人的齐心协力。

所以说，老百姓不是靠划定边境线就可以限制住的，国家不是靠山川险阻就可以保住的，扬威天下也不是靠锐利的兵器就可以做到的，所谓"**域民**①**不以封疆之界，固国不以山溪之险，威天下不以兵革之利**"。

那怎么样才能保全自己的国家，称霸天下呢？这就是我要说的核心思想了："**得道者多助，失道者寡助**"。拥有道义的人得到的帮助就多，失去道义的人得到的帮助就少。那些没有道义的人，帮助他们的人少到极点时，连亲属都会背叛他们；那些有道义的，帮助他们的人多到极点时，全天下的人都会顺从。以全天下人都顺从的

---

① 域民：限制人民。

力量去攻打那些连亲属都会叛离的人，必然是"不战则已，战无不胜"。

哼，我要把这篇文章拿给那些有眼不识泰山的君主们看看，让他们知道，不管城池多牢固、军队多精锐，还是要实行仁政、爱护百姓才行，没有百姓的支持，不管多厉害都会被消灭的！

文苑杂谈

# 四大贤母

中国古代历史上，有四大贤母，孟子的母亲就是其中之一。而另外三个，则是东晋陶侃的母亲、北宋欧阳修的母亲和南宋①岳飞的母亲。

陶侃很小的时候，父亲就去世了，陶母一个人含辛茹苦，靠纺纱织麻谋生、供养陶侃读书。有一次，陶侃的同乡范逵出门遇到了大雪，没地方住，便借宿在陶侃家。当时，范逵还骑了一匹马，可是天寒地冻，没有草料喂马，陶母为了好好招待客人，就把自己床上的草席揭了下来，剁碎后喂马。因为家里太穷了，没有饭菜可以招待客人，陶母就把自己的头发剪下来，卖给邻居换钱，买了一些酒菜。要知道，在中国古代，"身体发肤，受之父母"，头发是不可以轻易剪下来的。所以陶母这样的举动，足以看出她待客的真诚。范逵得知后，非常感动，就推荐陶侃当了官。从此，陶侃进入仕途，最后成了东晋时期有名的大将。这就是陶母"截发筵宾"的故事。

---

① 岳飞出生在北宋末年，但由于其主要历史活动在南宋展开，所以历史上将其划为南宋名将。

北宋欧阳修的母亲也非常贤能。欧阳修四岁时,父亲去世了,从此家境日渐贫寒,"房无一间,地无一垄",就是家里没有一间房,也没有一亩地,生活很困苦。欧阳修五岁时,母亲就教他读书识字。但他家太穷了,买不起笔墨,母亲就想了一个好主意:在地上铺一些沙,把地当纸,又找了一根芦苇秆代替笔,一笔一画地教欧阳修写字。这就是"画荻教子"的故事。就这么着,欧阳修奋发图强,刻苦学习,高中进士,成了北宋时期有名的文学家、政治家。

北宋末年,出现了另一位贤能的母亲,就是岳飞的母亲岳母。岳飞十五六岁的时候,北方的少数民族女真族攻打北宋,北宋的朝廷非常腐败无能,节节败退,国家处在生死存亡的关头。在这种时候,一般的母亲都不愿意让自己的孩子上战场,只希望他们在乱世里也能好好活着。可岳母不是一般人,她不仅支持儿子去打仗,还鼓励儿子为国尽忠,甚至还在岳飞背上刺了"尽忠报国"四个字。后来,岳飞果然不负母亲的期望,奋勇杀敌,成了一代名将。

这四位母亲并称中国历史上"四大贤母",可见母亲在孩子教育过程中的重要性。

不过,为什么中国古代有四大贤母,却没有四大贤父呢?因为在古代,女子地位不高,很少能接受教育,所以

文苑杂谈

孩子的教育本来就是父亲的职责。而之所以会出现四大贤母，则是因为这几个人的父亲早早就过世了，没办法尽到教育的职责，才会由母亲出面进行教育。

## 七嘴八舌

司马迁

哇,听君一席话,胜读十年书啊,我再也不怨天尤人了,现在就回去写《史记》!

哼,竟敢说我的兵法不对,有本事来打一架啊!谁打赢了谁就说得对!

孙 武

城 墙

大王饶命啊!敌人攻进来不是因为我不坚固,而是因为您不得民心啊!大王饶命,饶命啊!

扫码听乐死人的故事

# 墨 子

## 我坚决反对打仗

前 468 年—前 376 年①

称　号：墨子
籍　贯：宋国（今河南省商丘市）
　　　　一说鲁国（今山东省枣庄市）
代表作：《墨子》

---

① 关于墨子的生卒年，学界颇有争议，孙诒让先生认为是前 468 年—前 376 年，任继愈先生认为是前 480 年—前 420 年。此处采用孙诒让先生的说法。

# 墨子这辈子

墨子是战国初期著名的思想家,也是中国历史上唯一一个农民出身的哲学家。他创立的墨家学派,在当时影响很大,甚至可以和儒家学说并列,有"非儒即墨"的说法。如果你当时在大街上随便问一个人:"你支持什么学说?"很有可能那个人不是支持儒家就是支持墨家,不会有其他答案。

## 不想学儒家思想怎么办?
## 自己创立个学说呗

春秋战国时期,在争鸣的百家里,各家的创始人基本都是贵族出身,再不济也是个小官,但只有墨子,出生在一个平民家庭里,是中国历史上唯一一个农民出身的哲学家。

墨子年轻的时候,一直在学习儒家思想,但是学了一段时间以后,墨子发现,儒家思想提倡的礼节实在太多了,连跟人打招呼都有好多规矩要守,太麻烦了,而且要这么多礼节也没用啊。于是,墨子就抛弃了儒家学说,自己创立了一种学说——墨家思想。当时,墨家思想发展得非常繁盛，和儒家学说一起，被并称为"显学"。这要是放到现在，就好像你在学校不愿意学语文，于是自己创立了一个学科，这个学科还非常受人们重视，厉害吧！

因为墨家思想是墨子抛弃儒家思想后创立的，所以墨家思想的好多内容都和儒家思想相反。比如，儒家讲究礼仪，提倡厚葬，即人死后，其家人要准备丰厚的陪葬品，还要遵行烦琐的礼仪。但墨家主张节葬，就是埋葬的时候要节俭，不要太隆重。因为墨子生活在战国时期，所以墨家思想和儒家思想还是有相同地方的，比如两者都主张重用贤能的人，提倡让有才能的贤人来治理国家。

## 工作使我快乐

墨子生活在中国古代的战国时期，这个时期特别乱，但是也产生了很多不同的思想学派，是中国历史上有名的百家争鸣时期。这些学派都有不同的治国主张，而每个学派的人都在各个国家之间奔走，想说服各国君主采用自己的治国方法，从而重用自己。墨子也不例外，他创立了墨家学派，并且四处游说，宣传他的思想，希望有君主能够听从他的建议，用他的学派思想来治国。

为了宣传自己的思想，墨子游走了很多地方，十分忙碌，几乎没有固定的住所。每到一处，他总是匆匆忙忙地

## TA这一辈子

宣传完自己的思想,再急忙赶到另一个地方。古代没有现在的钢筋混凝土概念和结构,人们住的都是土房子,为了做饭,人们会在厨房修一个灶台。做饭时,把锅放在灶台上面,往灶台里面放入柴火点燃,火就会把锅里的饭煮熟,而烧火产生的烟就会从烟囱冒出去,时间长了,烟会把烟囱熏黑。因为墨子忙着宣传他的思想,所以从来没有在一个地方住很久,每次都是烟囱还没有熏黑,他就又去了下一个地方。后世的人们就此创造了一个成语"墨突不黔",

"突"指烟囱，"黔"指黑色，意思是墨子的烟囱从来没有变成黑色，也用来形容一个人非常忙碌。由此可见，墨子要是生活在现代，做饭的时候都用抽油烟机，这个成语就得改成"墨机不油"了。

## 一分为三的墨家

儒家作为一种思想学说，并没有什么组织，大家都是想学就学，不想学就散。墨家则不同，它是一个纪律很严密的学术团体，首领被称为"巨子"，就像国家的首领被称为君主一样。而且，墨家的成员要是去朝廷里当官，就必须推行墨家的主张，拿到的工资也必须上缴一部分给墨家这个团体。听起来是不是有点像个小国家？

但是，在墨子去世后，这个学术团体就分裂了，分成了三个派别，分别由三个人带领：相里氏、相夫氏和邓陵氏。分裂之后，力量自然就变小了，于是，墨家便慢慢地衰落下去，到西汉的时候，基本上就消失了，而它当时的对手儒家却发展得越来越好，成了官方规定的传统学说。

## 超级访谈

### 让你别打就别打

后世弟子：墨子先生，您好！能见到您，我真是三生有幸啊！

墨子：咦，你是谁？你怎么认得我？

后世弟子：哦，我是您的后世弟子，虽然我们没有见过面，但我看过《墨子》，您可真聪明啊！您说的"兼爱""非攻""节用"，就是爱护所有人、拒绝战争、崇尚节俭，这些主张都好有道理啊！

墨子：我可不只说了这些，我还主张"尚贤""尚同""节葬""非乐""非命""天志""明鬼"，就是推崇贤能的人、思想言行与君主保持一致、葬礼不要过于隆重、不要沉溺于音乐、不要屈服于命运、相信天的意志、辨明鬼神的存在。这些和"兼爱""非攻""节用"加起来，总共是十个方面。

超级访谈

后世弟子

对对对,我知道,但我记得最清楚的还是您主张的"非攻",因为我看到《墨子》里面记载,您有一次为了阻止楚国攻打宋国,还专门去劝阻楚王了呢。

是啊,我听说公输盘为楚国制造了云梯这种攻城的器械,要用它攻打宋国。我当时正在鲁国游学,就从鲁国出发,走了十天十夜才到楚国国都郢,见到了公输盘。

墨子

后世弟子

我知道,就是《墨子》里记载的:"公输盘为楚造云梯之械①,成,将以攻宋。子墨子闻之,起②于鲁,行十日十夜而至于郢③,见公输盘。"那您是怎么说服公输盘的呢?

我跟他说:"北方有侮④臣,愿借⑤子⑥杀之。"就是北方有一个欺侮我的人,我想借助他的力量去杀了那个人。听了我的话,公输盘不答应,我就继续说:"请献十金。"我

墨子

---

① 械:器械。　　② 起:出发。
③ 郢:楚国的国都。　　④ 侮:欺侮。
⑤ 借:借助。　　⑥ 子:您,对男子的尊称。

说我会给他十两黄金作为报酬。公输盘反驳我说:"吾义固不杀人。"意思就是他奉行义,绝对不会杀人。哼,既然他奉行义,我就说:"请让我向你说说这义。我在北方听说你制造了云梯,将用它攻打宋国。宋国有什么罪呢?楚国有多余的土地,人口却不足。现在牺牲不足的人口,掠夺有余的土地,不能认为是智慧之举。宋国没有罪,你们却攻打它,不能说是仁。你明明知道这些道理,却不去争辩,不能称作忠。如果你争辩了,却没有结果,不能算是强。你说你奉行义,不去杀那个人,却帮助楚王杀害宋国众多的百姓,不可说是明智之辈。"听了我这些话,公输盘就服了。

墨子

后世弟子

啊,那就是这一段:"请说之。吾从北方闻子为梯,将以攻宋。宋何罪之有?荆国①有余于地而不足于民,杀所不足而争所有余,不可谓智。宋无罪而攻之,不可谓仁。知而不争,不可谓忠。争而不得,不可谓强。义不杀少而杀众,不可谓知②类③。"可是公输盘并没有放弃攻打宋国啊,

---

① 荆国:楚国。

② 知:有智慧、聪明。

③ 类:辈。

超级访谈

后世弟子

您问他还不停止吗?他说不行,因为他已经告诉楚王了,您就让他带您去见楚王。也就是:"子墨子曰:'然胡不已乎?'公输盘曰:'不可,吾既已言之王矣。'子墨子曰:'胡不见我于王?'"后来呢,您又是怎么说服楚王的呢?

墨子

我去见楚王,先问他:"**今有人于此,舍其文轩①,邻有敝舆②而欲窃之;舍其锦绣③,邻有短褐④而欲窃之;舍其梁肉⑤,邻有糠糟⑥而欲窃之——此为何若人?**"意思是这里有一个人,舍弃他华丽的车子,却打算去偷邻居家的破车;舍弃他华丽的丝织品,却打算去偷邻居的粗布短衣;舍弃他的美食佳肴,却打算去偷邻居家的粗劣食物;这是怎么样的一个人呢?"**必为有窃疾矣。**"楚王回答说,那个人一定得了偷窃病。我就接着说:"**荆之地方五千里,宋之地方五百里,此犹文轩之与敝舆也。荆有云梦⑧,犀兕麋鹿⑨满之,江汉之**

---

① 文轩:华丽的车子。　② 敝舆:破旧的马车。
③ 锦绣:美丽的丝织品。　④ 短褐:粗布做的短衣。
⑤ 梁肉:美食佳肴。
⑥ 糠糟:酒糟、米糠等粗劣食物,古代穷人用它们来充饥。
⑦ 云梦:云梦大泽,湖北省江汉平原上的古代湖泊群的总称。
⑧ 犀兕(sì)麋鹿:犀牛、麋鹿。

**超级访谈**

鱼鳖鼋鼍[1]为天下富，宋所谓无雉兔鲋鱼者也，此犹粱肉之与糠糟也。荆有长松文梓梗楠豫章[2]，宋无长木，此犹锦绣之与短褐也。臣以王吏之攻宋也，为与此同类。"意思是楚国的疆域，方圆五千里，宋国的疆域，方圆五百里，这就像拿彩车与破车相比；楚国有云梦大泽，里面有犀牛、麋鹿，楚国还有长江和汉水，里面全是鱼鳖，宋国却连野鸡、兔子、鲋鱼都没有，这就像拿美食佳肴与糟糠相比；楚国有巨松、梓树、楠、樟等名贵木材，宋国却连棵普通的大树都没有，这就像拿华丽的丝织品与粗布短衣相比。从这三方面来看，我认为想要进攻宋国的楚国，与有偷窃病的人是同一种类型。

墨子

后世弟子

啊，我知道后来的事。您这样说了以后，楚王说："善哉。虽然，公输盘为我为云梯，必取宋。"楚王夸您说得有道理，但是公输盘已经为他造好了云梯，他一定要去攻打宋国。于是您

---

[1] 鼋鼍（yuán tuó）：古代神话传说中的巨鳖和扬子鳄。
[2] 长松文梓梗楠豫章：长松、文梓、梗、楠、豫章都是树木的一种。其中，长松是指高大的松树，文梓是指有纹理的梓树。

后世弟子

就和公输盘比赛，您解下腰带，围作一座城的样子，用小木片作为守备的器械。公输盘九次使用攻城的器械进攻，都被您挡住了。公输盘攻城的器械用尽了，您的守御战术还没有用完。公输盘失败了，却说："我知道用什么办法对付你了，但我不说。"您就说："我知道你用什么办法对付我，但我也不说。"楚王问原因，您就回答说："公输盘的意思，不过是杀了我。杀了我，宋国没有人能防守了，你们就可以进攻。但是，我的弟子禽滑厘等三百人，已经拿着我防守用的器械，在宋国的都城上等待楚国的军队呢。即使杀了我，防守的人也是杀不尽的。"楚王一听，只好说："好吧！我不攻打宋国了。"

墨子

对，就是《墨子》里写的："子墨子解带为城，以牒①为械。公输盘九设攻城之机变②，子墨子九距③之。公输盘之攻械尽，子墨子之守圉有余。公输盘诎④，而曰：'吾知所以距子矣，吾不言。'子墨子亦曰：'吾知子之所以距

---

① 牒：小木片。　② 机变：机巧多变的器械。
③ 距：通"拒"，抵挡。　④ 诎：通"屈"，受挫、失败。

超级访谈

我，吾不言。'楚王问其故。子墨子曰：'公输子之意不过欲杀臣。杀臣，宋莫能守，乃可攻也。然臣之弟子禽滑厘等三百人，已持臣守圉之器，在宋城上而待楚寇矣。虽杀臣，不能绝也。'楚王曰：'善哉。吾请无攻宋矣。'"

墨子

后世弟子

就是这样！您好厉害啊，既能言善辩，又有真才实学，我真佩服您！

我生活的那个时代，各个国家之间战争不断，百姓生活得很苦，所以我才倡导"非攻"，希望停止战争，百姓安居乐业。

墨子

后世弟子

放心吧，您的愿望在后世实现了！

## 兼爱，要从大王做起

我生活的这个时代吧，诸侯国之间几乎天天都在打仗，你打我我打你，就没个消停的时候，这可苦了老百姓。我呢，出生在一个农民家庭，能真真切切地体会到百姓们的苦难。所以，我在新创的学说里，第一个就提出"兼爱"的主张，提倡天下人要相互爱护、彼此爱惜，这样，就不会再有战争，百姓们也能安居乐业了。

我认为，兼爱，即看待别人的国家就像看待自己的国家；看待别人的家族就像看待自己的家族；看待别人的身体就像看待自己的身体。正所谓："视人之国，若视其国；视人之家，若视其家；视人之身①，若视其身。"

这样一来，别人的国家跟自己的国家一样，诸侯之间就会相互爱护，不会发生战争；别人的家族就像自己的家族一样，各个家族之间也就不会有掠夺争抢；别人的身体就像自己的身体，那伤害别人就相当于伤害自己，人与人之间就会相互爱护，不会相互残害。

如果君主与臣子之间相互爱护，君主就会时不时地给臣子赏赐东西，或者加官晋爵，臣子一看，君主这么

---

① 身：身体。

重视自己，自然也会对君主忠诚。父子之间也是一样，父亲和儿子相互爱护，父亲看到好东西都会想着给儿子，儿子自然也就很孝顺父亲了。

范围再广一点，要是天下的人都相互爱护，强大的人就不会欺负弱小的人，富足的人就不会侮辱贫困的人，尊贵的人就不会傲视卑贱的人，狡诈的人就不会欺骗愚笨的人，那天下就不会出现祸患、掠夺、埋怨、愤恨了。

而要天下人做到兼爱，最主要的就是要让君主做到兼爱，君主做到兼爱，百姓们才会跟着做。我听过这么一个故事：从前，楚灵王喜欢腰细的士人，他的大臣们为了讨好他，就每天只吃一顿饭来节食，屏住气把肚子收起来，然后才系上腰带。减肥的时间长了，这些大臣们都虚弱得扶着墙才能站起来。一年之后，他们饿得面黄肌瘦，有的脸色都变黑了。为什么会这样呢？是因为君主喜欢这样。我把这个故事记在《墨子》里："昔者楚灵王好士细要①，故灵王之臣皆以一饭为节，胁息②然后带③，扶墙然后起。比④期年⑤，朝有黧黑之色。是其故何也？君说⑥之，故臣能之也。"看看，就因为楚王喜欢，楚国的大臣们才疯狂减肥，这减肥效果，可比现在的任

---

① 要：通"腰"。　② 胁息：屏住呼吸，收起肚子。
③ 带：系上腰带。　④ 比：等到。
⑤ 期年：一年。　⑥ 说：通"悦"，喜欢。

何减肥药都强!

　　真希望君主能够做到兼爱,这样大臣们就会施行兼爱,百姓们也就会兼爱,再也不会有战争,天下就太平了!

文苑杂谈

## 忙死我了

在墨子之前，还有一个和他很像的人，就是春秋时期儒家的创始人孔子，他曾经也为了宣传自己的思想到处奔走，周游各国。那个时候没有椅子，人们坐的时候都是跪坐在席子上，而孔子太忙了，他每到一地，坐不了一会儿，连席子都没有变暖，就赶紧走了。《汉书》就把"孔席不暖"和"墨突不黔"并列起来，形容一个人十分繁忙，四处奔走。

孔子、墨子算是大忙人了，但在孔子之前，有一个比他俩还忙的人，就是大禹。那个时候，黄河泛滥，洪水滔天，淹没了许多农田，也淹死了很多百姓。尧就派大禹的

说句心里话，我也很想家。

父亲鲧去治水，可是鲧没找到治水的门路，直到尧去世，舜当了首领，鲧都没有把水治好。舜一看，有些生气地把鲧发配到了边远的地方，命令鲧的儿子大禹去治水。大禹治水的时候，三次经过他自己家门口，都没能抽出时间进去看看，这就是后来人们所说的"三过家门而不入"，等他治好水回家，儿子都不认识他了。而且，大禹治水的时候，成年累月地站在水里，走在淤泥中，连小腿上的汗毛都被磨没了。《庄子》里就记载他："腓无胈，胫无毛。"腓是指小腿上的肉，胫是指小腿，胈和毛都是指小腿上的毛。大禹如此辛劳了十三年，才终于完成了治水大业，使人们过上了好日子，后世人们为了纪念他，就把他称为"禹神"。

欢乐谷

七嘴八舌

宋王

哎呀,墨子先生,请受我一拜,真是太感谢您了,要不是您,宋国早就灭亡了!

哼,我喜欢的明明是大臣的细腰,后世的人偏偏说我喜欢的是妃子的细腰,真是胡说八道!

楚灵王

大禹

我为了治水,三过家门而不入,没想到后世竟然也有像我一样心怀天下的人,我真是太欣慰了。

扫码听乐死人的故事

# 庄 子

## 宁当乌龟不做官

**约前 369 年—前 286 年**[①]**，名周，字子休**

称　号：与老子并称"老庄"

籍　贯：宋国蒙地

代表作：《庄子》

---

[①] 关于庄子的生卒年，学界说法不一，此处采用马叙伦先生在《庄子义证·庄子年表》中的说法。

TA这一辈子

# 庄子这辈子

庄子是战国中期的思想家、哲学家、文学家,也是继老子之后道家学派的代表人物,与老子并称"老庄"。庄子的作品非常有哲理,而且他善于把复杂的哲理用简单的语言讲出来,所以他的作品被称为"文学的哲学,哲学的文学"。

## 宁当乌龟不当官

庄子推崇清静无为,所以不喜欢当官,但他又非常有才,名气很大,当时各个国家的君主都争着抢着请他去当官,这可怎么办?得想个法子拒绝啊!这样一来,庄子为了不当官,说过许多惊人的话。

有一次,庄子在濮河钓鱼,钓得正开心呢,来了楚国国王派来的两个大臣,想请庄子去做官。这楚国国王不会识人,派来的两个人都是草包,一上来就对庄子说:"楚王想用国内的事情来麻烦您啊!"这话说得让人一听就头大。他们这么说,庄子当然不答应啊,心想,我钓鱼钓得好好的,做什么官儿啊。他就拿着钓竿头也不回地问:"我听说楚国有一只神龟,死的时候已经三千岁了，楚王将它用锦缎包好，放在竹匣中，珍藏在宗庙里。那你们说，这神龟是愿意死了留下骨头让人们来瞻仰呢，还是愿意活在烂泥里摇尾巴呢？"这两个大臣就说："当然是活着在烂泥里摇尾巴啊。"看他们上当了，庄子马上说："那你们回去吧，我也愿意在烂泥里摇尾巴。"这就是所谓的**"吾将曳尾于涂中"**。

被供在宗庙里哪有待在这里舒服！

还有一次，也是楚王派人来请庄子去做官，说可以给庄子一千两金子。庄子听见了，说："哇，一千两金子，真是一份大礼啊！太尊贵了！"使者一听，"有希望!"还没等高兴呢,就听见庄子又问:"你们知道祭祀的时候用的牛吗?""咦,问这个干啥,咱不是在说当官的事儿吗?"那使者心里奇怪,又不敢问,怕得罪庄子,就小心翼翼地说:"我知道一点儿。"庄子继续说:"那你见过那牛吗?人们平时把它喂得多好啊,膘肥体壮的,等到祭祀的时候,把它打扮得花花绿绿、披红挂彩的,最后还不是把它杀了当祭品,我才不去当祭祀的牛呢!你们赶紧走,赶紧走!挡着我的路了!"

不是乌龟就是牛,总之,为了不做官,庄子就从来没把自己比喻成好点儿的动物过。

## 死了不用埋

庄子是道家思想的代表人物,道家主张的就是清静无为,所以庄子将生老病死看得很淡。

庄子的妻子死的时候,很多人都来吊唁,怕庄子太伤心,还准备来劝劝他。谁知道来了一看,庄子根本就没哭,不仅没哭,他还坐在地上,敲着盆、打着节奏唱着歌,高兴得不得了。别人问他怎么回事,庄子解释说,他的妻子去世了,便是得到了解脱,为她高兴还来不及,干吗要哭呢?

对于他自己的生死,庄子就更不在意了。他去世之前,弟子们和他商量,想厚葬他,给他用最好的陪葬品。庄子二话不说就拒绝了,并且跟弟子说:**"吾以天地为棺椁,以日月为连璧,星辰为珠玑,万物为赍送。吾葬具岂不备邪?"** 意思是他以天地为棺材,以日月当美玉,以星辰做珠宝,以天地万物为殉葬品,他陪葬的东西难道还不丰厚吗?可见庄子是多么的洒脱旷达。

超级访谈

# 逍遥的大鹏鸟

大鹏鸟

庄子，你在干吗呢？快快快，出来帮我个忙！

怎么了？你可是大鹏鸟，还有事儿需要我帮忙啊？

庄子

大鹏鸟

我今天去南海，那群蠢鸟看见我落下，还以为是天塌下来了。它们看不到我全身，怎么也不相信我的身体有那么大，真是蠢得要命！这不，我想起你有篇文章专门写我，快，把你的那篇文章背一遍，我要记下，让那群蠢鸟好好看看！

你是说《逍遥游》吗？这篇文章可长了，你要全部听一遍吗，记得住吗？

庄子

大鹏鸟

你怎么这么啰唆啊，不用全背，把写我的那一段背一遍就行。

庄子

其实我也没有见过你啊,只是想象而已。我想象着,北海有一条鱼,名字叫鲲,长得特别大,谁也看不见它的全身,不知道它到底有几千里长。鲲化成了一只鸟,名字叫鹏,鹏的脊背也不知道有几千里长。当鹏鼓动翅膀飞起来的时候,它的翅膀就像挂在天边的云彩一样。这只鹏鸟呀,在大海风起潮涌时飞往南海。南海是一个天然的大池子。也就是我写的:"北冥①有鱼,其名为鲲。鲲之大,不知其几千里也。化而为鸟,其名为鹏。鹏之背,不知其几千里也;怒②而飞,其翼若垂天③之云。是鸟也,海运④则将徙于南冥。南冥者,天池也。"

大鹏鸟

这就完了?有点儿短啊,后面还有吗?你再多说点儿呗。

庄子

还有,没说完呢!《齐谐》这本书,是记载一些怪异事情的书。书上说,鹏往南海迁徙的

---

① 北冥:北海。冥,通"溟",海。
② 怒:奋起的样子,这里指鼓动翅膀。
③ 垂天:天的边际,天边。"垂"相当于"陲",边际。
④ 海运:海动。古代有"六月海动"之说。海运之时必有大风,因此大鹏鸟可以乘风南行。

超级访谈

庄子

时候,翅膀拍打水面,能激起三千里的浪涛,环绕着旋风冲上九万里的高空,乘着六月的大风离开。像野马奔腾一样游动的雾气,飘飘扬扬的尘埃,都是活动着的生物的气息相互吹拂所致。天空苍苍茫茫的,这难道就是它真正的颜色吗?它的辽阔高远也是没有尽头的吗?鹏从高空往下看的时候,大概就是这样的光景吧。

我就又写:"《齐谐》者,志怪①者也。《谐》之言曰:'鹏之徙于南冥也,水击②三千里,抟③扶摇④而上者九万里,去以六月息⑤者也。'野马⑥也,尘埃也,生物之以息⑦相吹也。天之苍苍⑧,其正色⑨邪?其远而无所至极邪?其视下也,亦若是则已矣。"

大鹏鸟

完了?写得真好,我得走了,我要马上让它们看看我的厉害!

---

① 志怪:记载怪异的事物。
② 水击:指鹏鸟的翅膀拍击水面。
③ 抟(tuán):回旋而上。
④ 扶摇:海中回旋向上的飓风。
⑤ 息:大风。
⑥ 野马:指游动的雾气。古人认为春天万物生机萌发,地上之游气奔涌如野马一般。
⑦ 息:有生命的东西呼吸所产生的气息。
⑧ 苍苍:深蓝色。
⑨ 正色:真正的颜色。

庄子

没完呢,你别急啊!写着写着,我想到,这么大的鸟,它怎么能飞得起来呢?再仔细想想,如果水囤积得不深,那么它就没有力量负载起一艘大船。在堂前低洼的地方倒上一杯水,一棵小草就能被当作一艘船,但如果放一个杯子在上面就会被粘住,这是水浅而船大的缘故。同样,如果聚集的风不够强劲,那么它负载巨大的翅膀也就没有了力量。因此,鹏在九万里的高空飞行,风就在它的身下了,凭借着风力,背负着青天毫无阻挡,然后才开始朝南飞。我把这个也写进去了:"且夫水之积也不厚,则其负大舟也无力。覆①杯水于坳堂②之上,则芥③为之舟;置杯焉则胶,水浅而舟大也。风之积也不厚,则其负大翼也无力。故九万里则风斯在下矣,而后乃今④培风⑤;背负青天而莫之夭阏⑥者,而后乃今将图南⑦。"

---

① 覆:倾倒。
② 坳堂:指堂中低凹不平之处。
③ 芥:小草。
④ 而后乃今:"今而后乃"的倒装,意思是"这样以后"。
⑤ 培风:乘风。培,凭着。
⑥ 夭阏(è):遏阻、阻拦。
⑦ 图南:计划向南飞。

超级访谈

大鹏鸟

这些我记住了，要不你顺便替我写一段嘲笑那些蠢鸟的话吧，我懒得想了。

庄子

我写完鹏多么大以后紧接着就写了蝉和斑鸠的事儿。看到大鹏飞得这么高、这么远，蝉和斑鸠就嘲笑鹏："我们迅速起飞，碰到榆树和檀树就停止，有时飞不上去，落在地上就是了。何必要飞上九万里到南海呢？"到近郊去的人，只带当天吃的三餐，回来肚子还是饱饱的；到百里外的人，要用一整夜时间舂米准备干粮；到千里外的人，要准备好三个月的粮食才敢出门。蝉和斑鸠这两只小东西又知道什么呢？正所谓："蜩①与学鸠②笑之曰：'我决③起而飞，抢④榆枋⑤而止，时则不至，而控⑥于地而已矣，奚以之九万里而南为？'适⑦莽苍⑧者，三餐而反，腹犹果然⑨；适百里者，宿舂粮⑩；适千里者，三月聚粮。之二虫⑪又何知？"

---

① 蜩：蝉。
② 学鸠：斑鸠之类的小鸟。
③ 决：疾速的样子。
④ 抢：触，碰，着落。
⑤ 榆枋：泛指树木。榆，榆树。枋，檀木。
⑥ 控：投，落下。
⑦ 适：去往。
⑧ 莽苍：本指郊野的颜色，这里引申为近郊。
⑨ 果然：吃饱的样子。
⑩ 宿舂粮：舂捣一宿的粮食。
⑪ 虫：指蜩与学鸠。"虫"在古代也可以指动物。

大鹏鸟

哇，你真是有先见之明啊，知道我需要这个，就提前写了，厉害厉害！

庄子

我才不是为了让你嘲笑它们写的。我是想说，在蝉和斑鸠的眼里，大鹏鸟所做的事情很可笑，没有什么用，但是在大鹏鸟的眼里，蝉和斑鸠是多么弱小啊，飞都飞不高。再想一想，现在那些有治国才能的人，觉得自己多么多么厉害，但是在真正的圣人眼里，那些不过是小伎俩罢了。人们应当追求像圣人那样的境界，不看重功名利禄，而是顺应万物的本性，从内心深处排除利害观念，把个人的宠辱得失、世事人情以至生死都排除在外，创造出一种宽阔宏大的心境，达到精神上绝对自由的逍遥境界，最大限度地融入自然，这样才能懂得真正的道。这也是我给这篇文章起名《逍遥游》的原因。要是只为写你，那就叫《大鹏鸟》了。

大鹏鸟

这样啊，我懂了，我决定不去嘲笑那群蠢鸟了，我要去追求自由逍遥的境界！

超级访谈

啊！终于走了，太阳出来了，又可以晒被子了！
庄子

## 顺应自然来解牛

前几天有人问我:"你老是让别人顺应自然、追求逍遥自在的境界,那你自己有没有做到呢?"这不是废话吗?楚王好多次请我去做官我都没去,难道还不能表明我的内心吗?我不愿意做官,只愿意做个乡野闲人,这不就说明我已经不在乎功名利禄,只想顺应自然、追求自由的境界吗?我不光自己做到了,而且还费了不少心思想让别人理解我的话,鼓励他们也追求这样的境界呢。我在《庄子》里记载过这么一个故事,专门说顺应自然的道理。

有一个非常厉害的厨师,名"丁"。因为当时习惯把职业放在人名前称呼别人,所以人们都叫他"庖丁","庖"就是厨师的意思。这个厨师技术特别高超。有一天,梁惠王叫他进宫,要现场看看他解剖整只牛的技术。只见庖丁不慌不忙,不管是手接触的地方、肩膀倚靠的地方、脚踩的地方,还是膝盖顶的地方,进刀出刀的时候都哗哗作响,甚至还合乎音乐的节奏,合着《桑林》舞乐的节拍,又合着《经首》乐曲的节奏,让人不得不

## 特别推荐

服啊！我当时是这么写的："庖丁为文惠君解牛，手之所触，肩之所倚，足之所履，膝之所踦①，砉然②向③然，奏刀騞然④，莫不中音。合于《桑林》⑤之舞，乃中《经首》⑥之会⑦。"

庖丁不出手则已，一出手就是真功夫，连梁惠王都惊了，问他："嘻，善哉！技盖至此乎？"意思是"哎呀，好啊！你解剖牛的技术怎么会高超到这种地步啊？"大王问话，庖丁当然得解释啊，就说："我追求的是道，已经不仅仅追求一般的技术了。起初宰牛的时候，我眼里看到的是一只完整的牛；宰了三年以后，我就再未见过完整的牛了，只能看见牛的内部肌理筋骨；现在呢，我只用心神和牛接触，不必用眼睛去看，就像视觉停止了而全凭精神在活动。我依照牛生理上的天然结构，砍入牛体筋骨相接的缝隙，顺着骨节间的空处进刀。牛身上经络相连的地方和筋骨结合的地方，我的刀都没有碰在上面过，更何况是砍在大骨头上呢！"这就是《庄子》

---

① 踦（yǐ）：支撑，接触。这里指用一条腿的膝盖抵住牛。
② 砉（xū）然：皮骨相离的声音。
③ 向：通"响"。
④ 騞（huō）然：形容比砉然更大的进刀解牛声。
⑤《桑林》：传说中商汤时的乐曲名。
⑥《经首》：传说中尧乐曲《咸池》中的一章。
⑦ 会：节奏。

中记载的:"臣之所好者,道也,进①乎技矣。始臣之解牛之时,所见无非全牛者。三年之后,未尝见全牛也。方今之时,臣以神遇而不以目视,官知②止而神欲③行。依乎天理④,批⑤大郤⑥,导大窾⑦,因其固然⑧,技经⑨肯⑩綮⑪之未尝,而况大軱⑫乎!"

庖丁接着说:"技术好的厨师,一年换一把刀,因为刀不会砍在骨头上,只是用来割肉,所以不容易坏;技术一般的厨师得一个月换一把刀,因为他不会割肉,刀都砍在骨头上,很快就坏了。如今,我的刀用了十九年,宰了几千头牛,但刀刃仍然非常锋利,就像刚刚在磨刀石上磨过一样。这是因为牛的骨节有间隙,而刀刃很薄;用很薄的刀刃插入有空隙的骨节,那么刀刃的运转必然是宽绰而有余地的啊!所以,十九年了,这刀刃还像刚从磨刀石上磨出来的一样。就算这样,每当碰到牛身上筋骨交错聚结的地方,我一见那里难以下刀,都会小心翼翼,提高警惕,视线专注,

---

① 进:超过。
② 官知:这里指视觉。
③ 神欲:心神。
④ 天理:牛生理上的天然结构。
⑤ 批:击,砍。
⑥ 郤(xì):通"隙",空隙。
⑦ 导大窾(kuǎn):顺着骨节间的空处进刀。
⑧ 固然:牛体本来的结构。
⑨ 技经:经络。
⑩ 肯:紧附在骨上的肉。
⑪ 綮(qìng):筋肉聚结处。
⑫ 軱(gū):股部的大骨。

动作缓慢下来,动起刀来非常轻,豁啦一声,牛的骨和肉就已经分离,就像泥土散落在地上一样。每次宰完牛,我提着刀站起来,环顾四周,都觉得悠然自得,心满意足,然后我才会把刀擦抹干净,收藏起来。"用《庄子》记载的话来说,就是:"**良庖岁更刀,割也;族①庖月更刀,折②也。今臣之刀十九年矣,所解数千牛矣,而刀刃若新发于硎③。彼节④者有间⑤,而刀刃者无厚;以无厚入有间,恢恢乎⑥其于游刃必有余地矣,是以十九年而刀刃若新发于硎。虽然,每至于族⑦,吾见其难为,怵然⑧为戒,视为止,行为迟。动刀甚微,謋⑨然已解,如土委地⑩。提刀而立,为之四顾,为之踌躇满志,善刀而藏之。**"

说到这儿,你们可能要问,解牛和顺应自然有什么关系?当然有关系啦。完全顺着牛天然的骨节肌理解牛,在空隙处下刀,这就是顺应自然。举一反三,在错综复杂的社会中,处理事情的时候,我们也要学会像庖丁一样"解牛",不要着急下手,先观察,找到问题所在,

---

① 族:众,指一般的。　② 折:斫,劈砍。
③ 硎(xíng):磨刀石。　④ 节:骨节。
⑤ 间:间隙。　⑥ 恢恢乎:宽绰的样子。
⑦ 族:筋骨交错聚结处。　⑧ 怵(chù)然:警惧的样子。
⑨ 謋(huò):象声词。骨肉分离的声音。　⑩ 委地:散落在地上。

再从一个恰当的角度"下刀",这样,你才算是游刃有余,真正达到了逍遥的境界。

文苑杂谈

## 我就是不想当官

庄子为拒绝做官将自己比喻成乌龟和牛,这不算什么,还有人为了不做官,连自己的命都不要了!春秋时期,晋国有个大臣,叫介之推①,很受人敬重。当时晋国宫廷内讧,公子重耳出逃,介之推跟着他在外面流亡。他们逃亡到卫国的时候,没有粮食吃了,就去向人乞讨,但也没要到粮食。眼看重耳快要饿死了,介之推狠下心,自己躲到山沟里,割下大腿上的一块肉,和野菜放在一起,煮成汤让重耳吃。重耳感动不已,许诺介之推自己以后若是登上王位,定要好好报答他。

后来,重耳成为晋文公,重赏了跟他出逃的人员,却忘了许给介之推的承诺。介之推呢,也不急,觉得没有他,晋文公依然会成为君主,便什么也没说,默默地回了老家。民间有人替介之推鸣不平,还传到了晋文公耳中,晋文公这才想起他来,赶紧亲自带人去找他,想让他回来当大官。但到了他老家,怎么都找不到人,才知道介之推已经带着母亲去山里隐居了。山那么大,去哪儿找啊?有人献计烧山,晋文公想来想去,便下令在

---

① 介之推:也被称为"介子推"。

山的三面放了火,这样,介之推就只能从第四面出来了。但是,大火烧了三天三夜,山都烧秃了,介之推还是没有出来。晋文公派人去找,才发现介之推和他的母亲已经被烧死在大树下了。

同样,明朝也有一个读书人,为了不当官,自己砍断了手指,最后还送了命。当时,朱元璋建立明朝后,四处搜罗人才。他听说一个有名的隐士夏伯启很有才能,就下令召唤夏伯启来朝廷当官。能被皇帝点名去当官,这可是天大的荣耀啊,要是普通人,早就乐得不知道东南西北了。可夏伯启过惯了隐居的日子,一点也不想当官,但皇帝的命令又不能违抗,于是,他就将自己的一根手指砍断了。因为当时的朝廷有规定,残疾人是不能

当官的，夏伯启无非就是想以此断了朱元璋的念想。

朱元璋听到这个消息，气得要死，"我叫你来当官是给你面子，你竟敢不来，还钻朝廷的空子！"他马上派人把夏伯启五花大绑，押到了宫中。因为夏伯启很有名气，本来朱元璋不敢杀他，怕杀了他以后遭到天下人的唾骂。但夏伯启这个人很有骨气，说不当官就不当官，还当着大臣们的面把朱元璋大骂了一顿。朱元璋气急败坏，就把夏伯启给杀了。

## 七嘴八舌

庖丁

本人庖丁,国际名厨,擅长解牛,保证用料新鲜,想吃的先预约啊!名额有限,先到先得!

我能有这么大的身体,这么帅气雄壮的形象,多亏了你啊!来,庄老先生,我带你上天玩两圈!

大鹏鸟

介之推

别人都是为了当官不要命,我是为了不当官不要命,也算是一朵奇葩了吧。

扫码听乐死人的故事

# 宋 玉

## 爱写辞赋的美男子

约前 298 年—约前 222 年[①]，又名子渊

称　号：与屈原并称"屈宋"
籍　贯：宋国商丘（今河南省商丘市）
代表作：《九辩》《风赋》《高唐赋》
　　　　《神女赋》《登徒子好色赋》

---

[①] 宋玉的生卒年在史料中并无记载，学界争论较多，此处采用扈光珉先生的说法。

TA这一辈子

# 宋玉这辈子

宋玉是战国末期有名的文学家，平生酷爱辞赋，是继屈原之后又一个伟大的辞赋家，写了很多名作。

## 有一个超级老师是什么感觉

宋玉的生平极其神秘，虽然他和屈原一起并称"屈宋"，但在《史记》里，司马迁提到他的时候，只是非常简单地说了一句：**"屈原既死之后，楚有宋玉、唐勒、景差之徒者，皆好辞而以赋见称。然皆祖屈原之从容辞令，终莫敢直谏。"** 意思是，屈原去世后，楚国又有宋玉、唐勒、景差这些人，都善于写辞赋，但只学到了屈原辞令委婉含蓄的一面，不敢像屈原那样直言进谏。凭借这个记载，不少人认为宋玉是屈原的弟子，后世的很多著作也这么写。

但是，也有人认为《史记》里说的"祖屈原"根本就不是"师从屈原"的意思，而是指"效法屈原"。这么一来，宋玉就不一定是屈原的弟子，说不定只是屈原的一个小粉丝而已。

## 有才就是了不起,一个故事仨成语

不管是否是屈原的弟子,宋玉确实拥有令人惊叹的才华。有人嫉妒宋玉,就去楚襄王面前说宋玉的坏话,楚襄王便把宋玉叫来问话,说:"先生是不是干了什么坏事啊?为什么我老听见别人说你的坏话呢?"这要是一般人,早就跪倒在君主面前大喊冤枉了,可宋玉不是一般人,他不慌不忙地给楚襄王讲了一个故事。

在楚国国都的大街上,有个人在唱歌,一开始,他唱的是《下里》《巴人》,就跟现在的流行歌曲一样,所

以跟着他唱的人特别多，有几千个人。后来，这人又开始唱《阳阿》《薤露》，这些歌比较难，所以跟着他唱的人少了些，只有几百个。再后来，这人开始唱《阳春》《白雪》等高难度歌曲，可能跟现在的歌剧美声差不多，这时候很多人就不会唱了，所以跟着他唱的只有十来个人。

这说明了"**其曲弥高，其和弥寡**"，乐曲格调越难，能跟着唱的人就越少，艺术作品越高雅，能理解的人就越少。人也是一样，越是品格高尚的人，能理解他、接受他的人就越少，所以别人总说他的坏话，只因为他品格高尚，那些品格低下的人没有办法理解他。

后来，人们从这个故事中总结出三个成语。一个是"下里巴人"，本来指战国时期楚国民间流行的一种歌曲，后来被人们用来比喻通俗的文学艺术。一个是"阳春白雪"，跟"下里巴人"正好相反，原来指战国时期楚国的一种比较高级的歌曲，现在比喻高深的、典雅的文学艺术。还有一个是"曲高和寡"，意思是曲调越高深，能跟着唱的人就越少，用来比喻一个人品行越高尚，理解他的人就越少，也就是知音难得，有时候也用来比喻言论或作品不通俗，能了解的人很少。

## 转行当天气预报员

刘向

哟,好久不见啊宋老弟,我听说你最近转行了,不写辞赋,改行去当天气预报员了?

啊,你说什么?什么天气预报员?

宋玉

刘向

你就别蒙我了,我都看见了。

你看见什么了?我没转行啊,我辞赋写得好好的干吗转行?

宋玉

刘向

你就赶紧承认了吧,我昨天整理《楚辞》的时候还看见你写了一篇《风赋》,这不就是转行了吗?要不然好端端的,写什么风。

哎呀,这你可错了,我那《风赋》不是预报风向风级的,是我和楚襄王之间的一段对话,我是借着写风,将君主奢侈豪华的生活和老百姓贫穷悲惨的生活进行对比,以此来揭露社会中不平等的现象。

宋玉

超级访谈

刘向

哦,这样啊,我还以为你转行去当天气预报员了呢,吓我一跳!得了,你跟我讲讲这《风赋》呗,省得我再闹笑话。

宋玉

行,在《风赋》里啊,我把风分成了雄风和雌风,雄风就是君主的风,清凉有力,"**缘泰山之阿,舞于松柏之下**",沿着泰山,在松柏林下狂舞回旋,风势变小之后,"**徘徊于桂椒之间,翱翔于激水之上**",在桂树和椒树之间往来回旋,在疾流的水上缓缓飞翔,美妙清凉,充满生机。

刘向

写得不错啊!那雌风呢,雌风是什么样的啊?

宋玉

雌风是老百姓的风,酷热难挨。君主的雄风很有力,但老百姓的雌风是很惨的,"**殴温致湿,中心惨怛,生病造热**",意思是又湿又热,让人心情烦躁,生病发烧。

刘向　　君主的雄风和老百姓的雌风差距也太大了吧！

宋玉　　对啊，君主的生活奢侈豪华，连吹到他们身上的风都是那么清凉怡人，老百姓生活悲惨，吹到他们身上的风都很糟糕。你想想，风是自然产生的，但是，在君主与老百姓之间，连不能由人力控制的风都有这么大的区别，更别说地位、财富这些本来就能由人力控制的东西了。唉，老百姓的生活太惨了！

刘向　　看不出来啊，你这劝诫方法还挺新颖别致的，不直接说君主和老百姓的生活差距，而是通过吹到他们身上的不同的风来表达自己的观点，委婉深刻，不错不错，我要好好向你学习！

特别推荐

## 当臣子可真难啊

俗话说，"伴君如伴虎"。我还没当官的时候，就有人教导过我，要想长久地陪伴在君主身边，得聪明、正直、勇敢、善良、不惧权势……但是，没有人告诉我，还需要超强的想象力啊！

今儿早上，楚襄王刚起床，就要去云梦泽游览，还点名让我陪着一起去，我以为他要交付给我什么国家大事，结果忐忑了半天，他却给我讲了个故事，说他晚上做了个梦，梦见黄昏的时候，他精神恍惚，心里却特别高兴，突然之间，他眼前出现了一个女子，长得非常美丽。但醒来以后，他就不太记得那个女子的长相了，回忆了好久才想起来，于是想让我把这件事记录下来。

啊？他梦见的美女，让我来描写，我怎么知道她长什么样！行吧，谁让他是君我是臣呢。想想我这一身才华，没机会用来帮君主治理国家，反而是记录他的梦，唉，身不由己啊。

据楚襄王所说，他梦里的那位神女，刚出现的时候，**"耀乎若白日初出照屋梁"**，光芒四射，就像太阳刚刚出来，照耀在屋梁上一样。稍微走近一点，神女**"皎若明月**

舒其光"，皎洁照人，像月亮散发光芒，温润如玉。

等再近一点，看到"**罗纨绮绩盛文章**①**，极服妙采照万方**"，她那华丽的服饰，就像上等丝绸织绘出的精美图案，无论在哪里都光彩照人。至于她走起路来，可谓"**婉若游龙乘云翔**"，就像游龙乘云飞翔一样自然舒展，美得让人心醉神迷。

① 文章：错综华美的色彩或花纹。文，纹理、图纹。

特别推荐

　　说到这里，我不得不解释一下，我可不是一个只喜欢看美女的好色之人。在《神女赋》里，我不只写了神女的美貌，还写了神女表现出来的哀叹与忧伤，表达了我哀其不幸、怒其不争的否定情绪。其实这篇赋里寄寓着我对楚国当时与之后的忧患意识和感伤情绪，并且想警醒楚襄王，希望他能够向楚国之前那些贤能的君主学习，励精图治，振兴楚国。

　　好啦，解释完了，我得赶紧把这篇文章交给楚襄王，说不定他又有什么幺蛾子等着我呢。

# 四大美男

中国古代有四大美女,也有四大美男,但到底是哪四个人,一直众说纷纭,没有定论。最常见的说法,就是潘安、兰陵王、宋玉、卫玠这四个人。

潘安是西晋著名的文学家,长得特别美,甚至还有一个专门的成语来形容他的美貌,即"掷果盈车"。据《世说新语》记载,潘安每次乘车出门的时候,街上都有很多他的粉丝追着他的车子跑,往他的车里抛投鲜花和果子,就像现在的粉丝给偶像献花一样。每次潘安从外面溜达回来,他的车子里就装满了鲜花和果子,这就是"掷果

盈车"的故事。要是放到现在,估计潘安一整年都不用买水果,不过,也得庆幸没有人往他的车里扔榴梿或者大西瓜,要不然,一不小心把潘安砸出脑震荡,那可就倒霉了。

兰陵王原名叫高长恭,是南北朝时北齐神武帝高欢的孙子,也是当时有名的将领,文武双全,颇受人们敬重。据说,他长得非常美,甚至因为太美了,敌人看到他都为他的美貌所倾倒,一点也不怕他。因此,兰陵王只好每次都戴着面具上战场。有一次,北齐的一座城池被敌人包围,兰陵王奉命带人去救援。当他冲到城门下的时候,因为戴着面具,城里的人不知道他到底是不是兰陵王,怕有敌人冒充他,都不敢开城门。兰陵王一看,摘下了自己的面具,露出一张美貌绝伦的脸,军士们这才相信他就是兰陵王,军心振奋,最后打败了敌人。

比起"掷果盈车"的潘安和需要戴面具的兰陵王,卫玠的故事就比较悲惨了。卫玠长得很美,但身体不好,很虚弱。有一次,他要出门,街上的人一看,"哇!卫玠!",马上都跟过来盯着他。人群像一堵墙,卫玠被围在里面,向前走走不动,向后退也退不回去,好不容易从人墙里跑出来,一回家就累得倒在床上,生了一场大病,去世了。后来,人们就根据这件事总结了一个成语典故,叫"看杀卫玠"。

文苑杂谈

宋玉也是四大美男之一,据《登徒子好色赋》记载,他有一个邻居,长得**"眉如翠羽,肌如白雪;腰如束素,齿如含贝"**,眉毛像鸟的羽毛那样细长,肌肤像雪一样白,腰细得像一束绢帛,牙齿白得像贝壳。就是这样一个美丽的女子,却非常仰慕宋玉,天天趴在宋玉家的墙头上偷看宋玉,一看就是三年。能被这样一个美女喜欢,可见宋玉有多美了。

欢乐谷

七嘴八舌

屈原
虽然我不知道你到底是不是我的学生,但是你确实挺厉害的,佩服佩服!

原来你没转行啊,我还想着,你要是转行了就跟我说一下最近几天天气怎么样,我还打算去春游呢。

刘向

小学生
宋老先生啊,您辞赋写得那么好也就算了,为什么还要创造出这么多成语啊,您知道我们背得有多辛苦吗?

扫码听乐死人的故事

# 屈 原

## 祖国啊，我爱你

约前 340 年①—前 278 年

称　号：楚辞之祖、世界四大文化名人之一
籍　贯：楚国秭归（今湖北省宜昌市）
代表作：《离骚》《九歌》《九章》《天问》

---

① 关于屈原的生年，学界说法不一，此处采用游国恩先生的说法。

TA这一辈子

# 屈原这辈子

屈原是中国历史上第一位伟大的爱国诗人。他的作品经后世刘向的整理，和他的弟子宋玉等人的作品一起，被称为《楚辞》。由于他的诗里有很多奇妙的想象和华丽的辞藻，还有不少"香草美人"的比喻，所以，他又被称为中国浪漫主义文学的开创者。

## 屈平？芈平？屈原？芈原？我到底叫啥

现代人介绍自己的时候，一般会说自己姓什么名什么，比如姓张名三，就叫张三。但是，屈原如果自我介绍，那可是相当的复杂，他得这么说："我是芈姓，屈氏，名平，字原，又名正则，字灵均。"字就不用说了，大家都知道，那姓和氏是怎么回事呢？

在持续了几乎整个中国古代文明史的父系社会中，孩子一般跟着爸爸姓，爸爸姓张，孩子也就姓张，要是两个孩子的姓相同，他们就可能有同一个男性祖先，至于是不是同一个女性祖先，那就不一定了，这就是父系社会的特征之一。

但是，在父系社会产生之前，中国有段时期属于母系社会。在母系社会，孩子都跟妈妈姓，同一个姓的人有同一个妈妈或者同一个女性祖先，所以，姓就相当于族号，同一个姓的人就是同一个家族的。后来，同一族的人越来越多，有些人搬到了别的地方，这样一来，同一族的人就可能分布在全国各地，为了相互区别，他们又给自己起了个氏，表示自己生活在哪个地方。这就是姓和氏的区别，简单来说，同姓就是有同一个女性祖先，同氏就是在同一个地方。

因为姓氏实在太复杂，所以战国以后，姓和氏就慢慢地合成了一个，统称为姓，一直延续到了现在。屈原是芈姓，屈氏，意思是他和其他芈姓的人有同一个女性祖先，而且他又是芈姓中的屈氏这一支。

## 我可是贵族出身

在古代，只有贵族才有姓和氏，平民老百姓是没有的。所以既有姓又有氏的屈原，属于楚国的贵族阶层，他和楚王一样，都是芈姓。但是，楚王是熊氏，因为芈姓族群中一个叫熊绎的人立了功，被周天子封到了楚这个地方当开国君主。后来，楚武王熊通的儿子被封到了屈这个地方，他就干脆给自己改了个氏，变成了屈氏，屈原就是他的后代。

TA这一辈子

屈、昭、景是楚国王族的三大氏，尤其是屈氏，从春秋前期到战国后期，几百年的时间里一直是楚国的上层阶级，权力很大，屈氏的子孙很多都担任过楚国的重要职位，特别牛！

但是，屈原比较倒霉，到他这一代的时候，屈氏已经衰落下去，几乎没有当大官的人了。

### 活该，谁让你不听我的话

虽然屈原是楚国的贵族，和楚王是亲戚，又非常爱国，有才华，但当时楚国的奸臣很多，楚王又很昏庸，所以屈原提出的好多有用的建议都没有被采纳。

有一次，楚王听从秦国大臣张仪的建议，打算和齐国断交，和秦国结盟。屈原心想："这怎么能行呢？大王您看不出来秦国是想灭了我们楚国吗？"他马上去劝楚王，想让楚王改变主意。结果楚王不但不听，还把屈原流放到了汉北地区。后来，楚王发现上当了，想重新跟齐国结盟，就把屈原又召了回来，让他出使齐国。屈原也是厉害，硬是说服了齐王再次和楚国结盟。

可是，楚王实在太蠢，明明已经被骗了一次，在秦国第二次请求会面的时候，还是不听屈原的话，前去和秦王会面，结果被扣留囚禁，死在了秦国。屈原也再次被流放到了沅、湘地区，就是现在的湖南一带。后来，秦国的大将白起攻破了楚国的都城，屈原听说以后，投汨罗江自杀了。

## 世上唯女子与小人难养也

李白

屈大哥,等等我!

屈原

你是哪位?我老眼昏花,不记得曾经见过你啊。

李白

您当然不认得我,但我认识您呢!我在您去世后一千多年才出生,我叫李白,世人常常将我和您相提并论,说咱们是浪漫主义两大旗帜,实在是惭愧啊。

屈原

哦,我一直以为举世皆浊我独清,众人皆醉我独醒,没想到还有和我一样的人啊。那李兄为何沦落到了流浪街头的地步啊?

李白

唉,说来话长啊!还是说说您吧,您为什么也在流浪呢?

屈原

被一个女人和一个小人给害了。

李白

啊？怎么回事？

屈原

想当年，张仪那个嚼舌根的来到楚国，想要破坏楚国和齐国的联盟，为了说服楚王，他先到我家贿赂我，想让我在楚王面前帮他说好话。但我屈原是谁，怎么会看不出他的狼子野心，当然就义正词严地拒绝了。可谁知道这坏蛋不死心，又跑到上官大夫①和郑袖②那儿使坏，那两个人眼里只有钱，拿了张仪的钱，就在怀王面前说我的坏话。怀王呢，又是个不明智的君主，竟然听信了他们的鬼话，开始疏远我，后来甚至把我流放了。

李白

太有同感了，我也是被一个女人和一个小人给害了。想当年我也是风度翩翩、玉树临风的美男子，结果进了皇宫，一会儿得给杨贵妃写词，一会儿得给她伴乐，还得看高力士那个小人的脸色。这哪儿是我这样的才子干的事儿啊，最后我实在忍不了了，就借着酒劲发泄了一下。他们想

---

① 上官大夫：楚国大臣，地位很高。
② 郑袖：楚王的宠妃。

让我写诗,我就让杨贵妃的纤纤玉手为我捧砚,让高力士那个狗眼看人低的小人为我脱靴。这一发泄,得罪了杨贵妃和高力士,我也就彻底和仕途说再见了,后来被逐出长安,自我流浪啦。

这样啊,原来你也是被女人和小人给害了。

屈原

唉,谁说不是呢,这可能就是我们浪漫主义诗人的命运吧。

李白

## 屈原的自我介绍

乡亲们，大家好，我是屈原，不管你们认不认识我，自我介绍都是要做的。

我是高阳帝的后代，我已经去世的老爹是大名鼎鼎的伯庸先生，我出生的日子是最为吉祥的寅年寅月寅日。看看，老天爷对我多好，给了我最好的家世和最吉祥的生日。我的自我介绍你们也可以在《离骚》中看到：

帝高阳①之苗裔②兮，朕③皇④考⑤曰伯庸。
摄提⑥贞于孟陬⑦兮，惟庚寅⑧吾以降。

我那亲爱的老爹看我出生在一个这么吉祥的时间，于是赶紧求神拜佛给我准备了个好听的名和字。名叫作

---

① 高阳：古帝颛顼（zhuān xū）的号，传说他是高阳部落首领。
② 苗裔：喻指子孙后代。
③ 朕：我。
④ 皇：美，即光明、伟大。
⑤ 考：已故的父亲。
⑥ 摄提：寅年。
⑦ 孟陬（zōu）：夏历正月。
⑧ 庚寅：屈原出生的日期。通常楚人以寅时出生为吉。

 **特别推荐**

正则，就是公正法则的意思；字叫作灵均，就是美好调和的意思。他大概是希望我拥有天地之正气吧。

**皇览揆<sup>①</sup>余初度兮，肇<sup>②</sup>锡<sup>③</sup>余以嘉名。
名<sup>④</sup>余曰正则兮，字余曰灵均。**

出生在一个贵族家庭并没有让我骄傲自满，相反，我更加严格地要求自己。老天给了我很多良好的内在品质，同时我也在不断地加强自我修养。当然，内在美有了，外在美也不能少，我便把江离、芷草披在肩上，把秋兰结成绳子佩戴在身上。

**纷吾既有此内美<sup>⑤</sup>兮，又重之以修能<sup>⑥</sup>。
扈<sup>⑦</sup>江离<sup>⑧</sup>与辟<sup>⑨</sup>芷兮，纫<sup>⑩</sup>秋兰以为佩。**

唉，如果上天能给我五百年的寿命，凭我这么多优秀的才能，一定能建立一番大事业。可惜时光匆匆，我真害怕光阴不等我啊。所以我只能抓紧时间，清晨在山坡上采集木兰，傍晚在小洲中摘取宿莽。你可能不明白

---

① 揆（kuí）：推理，揣度。　② 肇（zhào）：开始。
③ 锡：赐。　④ 名：取名。
⑤ 内美：内在的美好品质。　⑥ 修能：修习优秀的才能。
⑦ 扈（hù）：披。　⑧ 江离：香草名。
⑨ 辟：通"僻"幽僻。　⑩ 纫（rèn）：连缀，联结。

我为什么要采集木兰、摘取宿莽,那是因为它们是我才能的象征啊。

**汩①余若将不及兮,恐年岁之不吾与②。
朝搴③阰④之木兰兮,夕揽⑤洲之宿莽⑥。**

岁月永不停步,四季更替永无止境。一想到树上的黄叶纷纷飘落,我真害怕君王也会逐渐衰老。楚王啊,您赶紧清醒过来,多做一些有利于楚国百姓的事情,让国家强盛起来吧。

**日月忽⑦其不淹⑧兮,春与秋其代序⑨。
惟⑩草木之零落兮,恐美人⑪之迟暮⑫。**

楚王啊,趁着年轻,赶紧丢弃不好的理念,改善现行的法度吧。请您骑上千里马纵横驰骋吧,让我在前面

---

① 汩(yù):水流很急的样子,此处用以形容时光飞逝。
② 不吾与:宾语前置,即"不与吾",不等待我。
③ 搴(qiān):摘取。
④ 阰(pí):山坡。
⑤ 揽:采摘。
⑥ 宿莽:一种可以杀虫的香草,常被古人当作修身之物。
⑦ 忽:迅速。
⑧ 淹:停留。
⑨ 代序:时序轮流替换。
⑩ 惟:想到。
⑪ 美人:有时指国君,有时自指,有时泛言贤士,这里指楚怀王。
⑫ 迟暮:年老。

特别推荐

为您引路！只要能让您和楚国变得更好，我粉身碎骨也不怕。

不抚壮①而弃秽②兮，何不改乎此度③？
乘骐骥④以驰骋兮，来吾道⑤夫先路！

这就是我，忧国忧民的屈原，心怀天下的屈原，不一样的屈原。

① 抚壮：趁着年轻。　　② 秽：不好的东西。
③ 此度：现行的政治制度。　　④ 骐骥：骏马。
⑤ 道：通"导"，引导。

## 端午节的故事

端午节，又叫端阳节、龙舟节、重午节、龙节、正阳节、天中节等，节期在农历五月初五，是中国民间的传统节日。很早以前，中国就有了端午节。因为端午节处于春夏之交，蚊虫很多，人们为了驱赶蚊虫，就会在端午节这天插艾草。后来，因为两个人——屈原和伍子胥，端午节多了许多文化内涵，也多了许多传统习俗。

先说说屈原。屈原虽然出身高贵，德才兼备，优秀还很自知，可是你们也不要太羡慕，人家命运坎坷啊。屈原对楚国爱得十分深沉，尽心尽力，一心为国，把自己全部身心都放在让楚国变得更强大这一目标上，却因为子兰、郑袖等人的诬陷，当然也有楚国老大楚怀王智商堪忧的原因，最终被流放在沅、湘地区。但是流放并没有熄灭屈原的爱国之心，他仍然时刻关注着楚国的命运。这不，公元前278年，秦军攻破楚国国都郢都，屈原听到这个消息后心如刀割，与国同悲，最终抱石投江。

当地的百姓听说屈原投江之后，赶紧划船救人，家家户户都拉出自己的船，以百米冲刺的速度在江面上划行，但是很遗憾，大家连屈原的尸体都没有找到，更别提救回

他了。当时,百姓们看到江里的鱼儿,怕鱼儿会啃咬屈原的身体,就把船做成龙的样子,希望能吓跑鱼儿,同时,还纷纷往江里投食物,希望鱼儿能够因为有食物吃而不去破坏屈原的身体,最后他们的善意就发展成了现在的划龙舟、吃粽子等习俗。

再说伍子胥。他真是一个十足的倒霉蛋,出生在楚国,老爸和哥哥都因为楚平王听信楚国大臣费无忌的诬陷而被处死。后来,伍子胥逃到吴国,发愤图强,发光发热,帮助吴王阖闾建立了一番霸业。吴王阖闾死后,其子夫差继位,但是夫差是个好色鬼,被越国美女西施

迷得五迷三道，将越国打败之后，就沉溺于美色，根本不想斩草除根，但是正常人都知道斩草必须除根，否则后患无穷。所以头脑清楚的伍子胥劝夫差一定要彻底灭亡越国，但是越王勾践收买了吴国大宰，大宰谗言陷害伍子胥，说伍子胥要叛国，夫差耳根子软，听信了大宰的谗言，于是赐给伍子胥一把宝剑，让他自刎。伍子胥知道这样的吴国早晚会被越国灭掉，于是他在死前对别人说："我死后，把我的眼睛挖出来，挂在吴国国都的东门上，我要看着越国军队入城灭吴。"夫差听说后，非常生气："你这不是诅咒吴国被越国灭亡吗？"于是将伍子胥的身体装进麻布袋，于五月五日投入江里。

据说，后人为了纪念伍子胥的爱国精神和视死如归的勇气，就把这一天作为端午节了。

七嘴八舌

张仪

让你清高，看吧，还不是被流放了，早知如此何必当初呢。

屈原啊，我对不起你，当初就应该听你的话，不然也不会身死他国啊！

楚怀王

小学生

屈原爷爷，谢谢你啊，要是没有你，我们端午节就不放假啦！

扫码听乐死人的故事

# 《战国策》

## 战国游士的演说录

体　　例：国别体

编 订 者：刘向

主要内容：战国时期纵横家的政治主张和策略

TA这一辈子

# 《战国策》这本书

作为一部国别体史书,《战国策》展示了战国时期的历史特点和社会风貌,是一部研究战国历史的重要典籍。同时,它也是一部非常好的历史散文,文学性非常突出,尤其在描写人物形象和语言对话方面有很鲜明的艺术特色。

## 没作者的书那么多,我就是其中一个

由于年代久远、社会动荡,先秦时期的很多典籍到现在都已无法确定作者是谁,《战国策》就是其中之一。

西汉末年,大文学家刘向校录书籍的时候,在皇家藏书中发现了六种记录战国时期纵横家的写本,但内容都很混乱,文字也不齐全,有很多残缺之处。刘向就按照国家类别把它们编订在一起,由于这些著作记录的多是战国时期纵横家为其所辅之国提出的政治主张和外交策略,刘向就给这本书起了个名字,叫《战国策》。所以,《战国策》并不是一个人写的,写的也不是一个时期的事,刘向只是编订者和整理者而已。

北宋时期,《战国策》的有些篇章在流传过程中被弄丢了,"唐宋八大家"之一的曾巩便写了一些内容,增补到了书里。所以我们现在看到的《战国策》,既有刘向整理的内容,又有曾巩补充的内容。

### 编订者这么牛吗

虽然原作者不详,但《战国策》的编订者刘向可是一个大牛人。刘向一生编订了许多书籍,最著名的莫过于《山海经》《战国策》《楚辞》这三本。《山海经》是中国先秦时期的重要古籍,也是一部富于神话传说的最古老的奇书,对后世研究远古时期的社会风俗、自然地理有很重要的意义。《楚辞》收录了屈原、宋玉等人的作品,是中国文学史上第一部浪漫主义诗歌总集,对后世诗歌发展产生了深远的影响。

### 成语合集

战国时期,诸侯之间的争霸战争非常激烈,游说之士为了让君主采纳自己的建议,往往会用讲故事的形式来阐述自己的理念。《战国策》里记载了很多有趣的小故事,不少成语都出自《战国策》。

比如"前倨后恭",就出自"苏秦以连横说秦"这个故事。苏秦当初说服秦惠王"连横",失败后回到家里,他的父母、妻子、嫂嫂都看不起他，不搭理他。等到后来他成功说服其他六国"合纵"，成了六国的国相后，他的父母、妻子、嫂嫂又对他特别恭敬。苏秦就奇怪了，问他嫂嫂：**"嫂何前倨而后卑也？"** 意思是嫂嫂之前为什么那么傲慢，现在又这么谦卑呢？**"以季子之位尊而多金。"** 他嫂嫂就说了："你现在有钱有势了，所以我就恭敬了。"多可笑啊！后来人们从中总结出"前倨后恭"这个成语，指刚开始时对人傲慢无礼，后来态度发生了180度的转变，对同一个人十分恭敬，形容一个人很势利，欺软怕硬。

## 跟我学说话

韩非子:请……请问您……是刘……刘向吗?

刘向:是啊,你是谁啊?怎么口吃得这么厉害?

韩非子:我……我是韩……韩非子,听说你……你写……写了……一本……本书,叫《战……战国策》,记……记载的……是……

刘向:行行行,你别说了,我知道了。《战国策》可不是我写的,我只是整理了一下而已。哦,对了,后来曾巩还给补充了些内容。它记载了从公元前490年到公元前221年这段时期内秦、齐、楚、赵、魏、韩、燕、宋、卫、中山等诸侯国的历史,尤其是那些游士的主张和言论。你是想来问问我他们怎么游说君主吧,可你自己不就是战国时期的游士吗?为什么还来问我?

## 超级访谈

韩非子

我……我走得……得早,没……没见过……过多少……游士,所以……想来请……请教一下……

刘向

我懂了,你其实也没见过多少游士,而且虽然写了《韩非子》,但最后还是被人害了,所以想来看看其他游士都是怎么说的,跟他们学学,对吧?行,那我就跟你说一下《邹忌讽齐王纳谏》吧。邹忌是个美男子,身高有八尺多,玉树临风。一天早晨,他穿戴好衣帽,照了一下镜子,觉得自己特别美,就问妻子:"我和城北徐公比,谁美?"妻子说:"您非常美,徐公怎么能比得上您呢?"城北徐公是齐国最美的男子。邹忌不相信自己比徐公美,又问他的妾:"我和徐公相比,谁美?"妾说:"徐公哪能比得上您呢?"第二天,有客人来拜访,邹忌与他相坐而谈,问他:"我和徐公比,谁美?"客人说:"徐公不如您。"又过了一天,徐公来了,邹忌仔细地看着他,觉得自己不如徐公美,再看看镜子里的自己,更觉得自己与徐公相差甚远。傍晚,他躺在床上说:"我的妻子赞美我,是偏爱我;妾赞美我,是害怕我;客人赞美我,是有事情要求我。"

韩非子

然……然后呢?我……我不……想……想学夸……夸人!

刘向

别急啊,经历了这事儿,邹忌便上朝拜见齐威王,说:"我知道自己确实没有徐公美。可是我的妻子偏爱我,我的妾害怕我,我的客人有求于我,他们都说我比徐公美。如今,齐国有方圆千里的疆土、一百二十座城池,宫中的姬妾及身边的近臣,没有一个不偏爱大王的,朝中的大臣没有一个不惧怕大王的,全国范围内的百姓没有一个不有求于大王的。由此看来,大王您受到的蒙蔽太严重了!"在《战国策》中是这么写的:"于是入朝见威王,曰:'臣诚①知不如徐公美。臣之妻私臣,臣之妾畏臣,臣之客欲有求于臣,皆以美于徐公。今齐地方②千里,百二十城,宫妇③左右④莫不私王,朝廷之臣莫不畏王,四境之内⑤莫不有求于王:由此观之,王之蔽⑥甚矣。'"

---

① 诚:确实。　② 地方:地,土地、疆域;方,方圆。
③ 宫妇:宫里的姬妾。　④ 左右:身边的近臣。
⑤ 四境之内:这里指全国范围内的人。　⑥ 蔽:受蒙蔽。

超级访谈

韩非子

齐……齐王……听……听他的……的话……了吗?

刘向

当然听了,齐王又不像秦王一样听不进忠言。邹忌说完,齐威王说:"你说得很好!"于是下了一道命令:"所有的官吏、大臣和百姓,能够当面批评我的过错的人,给予上等奖赏;能够上书直言规劝我的人,给予中等奖赏;能够在众人集聚的公共场所指责议论我的过失并传到我耳朵里的人,给予下等奖赏。"命令刚下达,许多大臣都来进谏,皇宫的宫门和庭院像集市一样热闹;几个月以后,还不时有人进谏;一年以后,即使有人想进谏,也没有什么可说的了。燕、赵、韩、魏等国听说了这件事,都到齐国朝见齐威王。这就是身居朝廷、不必用兵就战胜了敌国。即:"**燕、赵、韩、魏闻之,皆朝于齐**①。**此所谓战胜于朝廷**②"。

---

① 朝于齐:到齐国来朝见齐王。
② 战胜于朝廷:身居朝廷、不必用兵,就战胜了敌国。

 超级访谈

韩非子

啊!我……我懂……懂了!我……这就……就回去……去练……练习!

你还是先把口吃治好吧,听你说话可太费劲了!
刘向

特别推荐

# 巧言劝太后

　　《战国策》这本书主要记载了战国时期游士们说的话、做的事，好多都特别有意思。这不，我今天正整理着呢，又发现了一篇特好玩的，讲的是赵国一个叫触龙的大臣巧言劝太后的故事。

　　当时赵国太后刚刚掌权，秦国就加紧进攻赵国。赵国向齐国求救，齐国说："一定要用太后的小儿子长安君做人质，我们才出兵。"赵太后不同意。大臣们极力劝谏，太后就对左右侍臣说："要是再有人来劝说让长安君去齐国做人质，我老太婆一定朝他脸上吐口水！"

　　大家都不敢再去劝太后，为了救国，左师①触龙大义凛然地去拜见太后，太后气冲冲地等着他。触龙用快走的姿势慢慢地走着小步，到太后面前谢罪，说："老臣病足②，曾不能疾走，不得见久矣。窃③自恕，而恐太后玉体之有所郄④也，故愿望见太后。"触龙的意思是："老臣的脚有毛病，不能快走，所以很长时间没能拜见您了。我私下原谅了自己，但是又怕太后的福体有什么不舒服，所

---

① 左师：中国古代官名，主管政事。
② 病足：脚有毛病。
③ 窃：私下，私意，表谦敬的副词。
④ 郄：同"隙"，空隙，引申为毛病。

以还是想来拜见您。"太后说:"我也是脚有毛病,要乘车子才能走。"触龙说:"您每天的饮食没有减少吧?"太后说:"就喝点粥罢了。"触龙说:"老臣近来特别不想吃饭,于是强迫自己散步,每天走三四里,稍微能多吃点爱吃的食物,身体也好一点了。"太后说:"我不能像你那样散步。"

说到这儿,太后一看,触龙不像是来说服自己送爱子去秦国的,心里的警惕也就放松了,**"太后之色少解"**,脸色逐渐变好了。

见太后脸色好转,触龙接着说:"老臣的小儿子舒祺,年龄最小,不成器,可是我老了,又疼爱他,希望您让他加入黑衣卫士,来保卫王宫。我冒着死罪来求您!"太后说:"答应你!他年龄多大?"触龙回答:"十五岁了。虽然还小,但想趁我未死之前将他托付给您。"太后说:"男人也疼爱自己的小儿子吗?"触龙回答:"比女人爱得厉害些。"太后笑着说:"女人爱得特别厉害。"触龙回答:"老臣认为您爱燕后超过爱长安君。"太后说:"你错了,没有爱长安君那样深。"**"父母之爱子,则为之计①深远。"** 触龙说,"父母爱子女,就要为他们考虑得长远些。您送燕后出嫁时,她上了车您还握着她的脚后跟哭泣,伤心她远嫁。送走以后,您不是不想念她,每逢祭祀,您

---

① 计:打算,考虑。

一定祈求上天'一定别让她回来啊。'这难道不是为她作长远打算,希望她生育子孙,一代一代地做燕国的君主吗?"太后说:"是这样。"

绕了个大圈子,终于要说到重点了。触龙问太后:"从这一辈往上推三代,也就是赵氏建立赵国的时候,赵王的子孙凡被封侯的,他们的继承人现在还有在侯位的吗?"太后说:"没有。"触龙又问:"赵国没有,那么其他诸侯国建国时被封侯的,其继承人现在有在侯位的吗?"太后说:"我没有听说过。"触龙说:"这些被封侯的,祸患来得早就会降临到自己头上,祸患来得晚就降临到子孙头上。难道国君的子孙就一定这么悲催吗?根本原因是他们地位高贵却没有功劳,俸禄优厚却没有功业,也就是德不配位啊。现在您让长安君地位高贵,又把肥沃的土地封给他,还给他很多贵重的宝贝,却不趁现在您还在世的时候让他建立功业,一旦您去世了,长安君凭什么在赵国立身呢?老臣觉得您为长安君考虑得太短浅,所以认为您对长安君的爱不如燕后。"太后说:"你说得有道理,那就任凭你指派他吧!"于是触龙为长安君备车一百乘,送他到齐国去做人质,齐国这才出兵救赵。

在赵太后已经很生气的情况下,触龙还要去说服她,这本来是一件很难的事情,可是触龙抓住了问题的核心——赵太后对长安君的爱应该是为其做长久打算的爱。

特别推荐

触龙从这个角度进行劝谏，才最终达到了目的。由此可见，劝谏别人这事儿，很讲究艺术，要抓住对方的核心需求才行啊！

文苑杂谈

# 我才……才不口……口吃

中国古代不少名人都有口吃的毛病,韩非子就口吃,据《史记》记载:"非为人口吃,不能道说,而善著书。"大文学家司马相如也口吃,"相如口吃而善著书"。有名的飞将军李广说话也不利索,《史记》说他:"悛悛如鄙人,口不能道辞。"意思是他一看就是诚谨忠厚、不善言辞的人。唐代大诗人孟郊孟东野,写"慈母手中线,游子身上衣"的那位也有口吃,还专门有人为他这毛病写了诗,说他"东野吃吃说,足下不离口"。"足下"是对人的尊称,孟郊口吃,所以说个"足下"都要说半天。当代有名的哲学家冯友兰先生也口吃,相传,他在清华大学讲课的时候,第一次去听课的有四五百人,第二次去的有一百来人,第三次去的有二三十人,第四次去的就只有四五个人了。

可能觉得口吃的人说话特有意思,中国古代有很多人写了不少拗口的诗词,来逗弄那些口吃的人。温庭筠就写过一首《李先生别墅望僧舍宝刹,因作双韵声》,是这样的:

栖息消心象,檐楹溢艳阳。帘栊兰露落,邻里柳林凉。高阁过空谷，孤竿隔古冈。潭庐同淡荡，仿佛复芬芳。

这首诗看起来写得不错，又有兰露又有柳林，意境也很美，但念起来就像绕口令一样，很难流利地读完，尤其n和l、g和k、f和h、t和d不分的人，念起来简直就是灾难啊。像温庭筠这样无聊的人还真不少，元代的乔吉也写过一支散曲，叫《折桂令·拜和靖祠双声叠韵》，是这样的：

至当时处士山祠，渐次南枝。春事些儿，枫渍殷脂。蕉撕故纸，柳死荒丝。目寒涩雄雌鹭鸶，翅参差母子鸸鹋。再四嗟咨，拈此髭，弹指歌诗。

这支散曲写了春天的景象，有树有鸟，看起来挺美，但要是zh、ch、sh和z、c、s不分的人念起来，那可真是好玩得不得了呢。

七嘴八舌

苏秦：你们这些嫌贫爱富的小人，我算是看清楚了！

赵太后：哼！要不是听触龙说得这么有道理，我早就把他杀了！

温庭筠：哈哈哈哈哈！韩非子你过来，念念我的诗，让我们开心开心！

扫码听乐死人的故事

# 《山海经》
## 中国古代最敢编的著作

作者不详①

内容：民间传说中的地理知识、远古神话、寓言故事等

地位：中国古代保存神话资料最多的著作

---

① 有人认为是禹和伯益所写，但无法考证。西汉时由刘向、刘歆编校成书。

# 《山海经》这本书

《山海经》是中国先秦时期的重要古籍，也是一部充满神话传说的最古老的奇书，对研究中国古代的历史、地理、文化、交通、民俗等均有很高的文献价值。其中，关于矿物的记载更是世界上最早的有关文献。它对后世文学的影响也很大，像鬼神故事里经常出现的九尾狐，最早就是从《山海经》里借鉴过来的。连司马迁都说："至禹本纪①、山海经所有怪物，余不敢言也。"可见《山海经》记载之广、影响之大。

## 写的是山还是海

正如《山海经》的名字一样，这本书写山也写海。现在我们能看到的最早的《山海经》版本中，有五卷《山经》、十三卷《海经》，共十八卷，记载了很多有趣的山川河流。比如有条河叫豕水，"**其中多黄金**"，一条流淌着黄金的河，这谁见过啊？再比如有座山叫浮玉山，但山上没有一块玉，只有一种野兽，长得像老虎，有牛

---

① 禹本纪：一本古书，现已失传。

的尾巴，叫起来又跟小狗一样，名叫彘（zhì），还会吃人。还有一座山，虽然"其上多松，其下多洗石"，看起来很普通，但它的名字特别有趣，叫钱来山，估计这是现代人最喜欢的山名了吧。除此之外，《山海经》里还记载了许多矿物，比如有座山，叫成山，"其上多金玉，其下多青雘（huò）"，青雘是一种可以用来做颜料的矿物。

浮玉山

## 猜猜写的是哪座山

《山海经》里记载了很多山川河流，但实际上，这些山川河流在现在已无迹可寻。比如，《山海经》里记载的第一座山是招摇山，据说，这山在"**西海之上，多桂，多金玉**"，上面还有一条河，叫"丽麂（jǐ）之水"。现代的学者们对此特别好奇，就组成小队，去研究这山到底在哪儿，还专门开了学术研讨会，来论证这山的位置。然而，直到现在都没有定论。有人说这山是广西的猫儿山，有人说是四川的岷山，还有说这山应该在广东。再比如，《山海经》里还记载了一座山，叫泰山，"**其上多玉，其下多金**"，还有"**环水出焉，东流注于江**"，虽然这山的名字和山东的泰山一样，但直到现在，人们都没有搞明白这座泰山到底是不是山东的泰山。所以，《山海经》里虽然写了很多山河，看起来像个地图册，但实际上，这些山河在现代都找不到对应，而这也正是《山海经》的神奇之处。

## 奇奇怪怪的种族

除了记载山川河流之外，《山海经》中还有许多社会人文内容。比如，《山海经》里记载过一个交胫国，这个国家的人长得特别奇怪，他们的小腿是交叉在一起的，也不知道他们怎么走路。还有一个国家叫结匈国，这个国家的人前胸都会突起一大块，就像在胸口长了一个结石一样，估计每次吃饭都很麻烦吧。还有一个神奇的国家，叫反舌国，听名字就知道这个国家的人长什么样了，他们"为人反舌"，舌头反着长，舌根在嘴唇边，舌尖朝向喉咙，估计他们说的话只有自己能听懂吧。

## 远古人也怕死

刘向

哟，这不是蒲松龄吗？好久不见啊，今天怎么想起老哥我了，有什么事儿吗？

蒲松龄

嗨，我这段时间忙，今天好不容易抽出空来，过来请你帮个忙。

刘向

请我帮忙？什么忙啊？我可告诉你，违法乱纪的事儿咱不干！

蒲松龄

瞧你说的，我是那样的人吗？今天来，就是想请教请教你，我最近想写本书，名字都想好了，就叫《聊斋志异》，专门写些怪力乱神的东西。

刘向

怪力乱神啊，这可不好写，别的不说，光是要想象出那么多奇怪的鬼神就不容易，我劝你还是放弃这个念头吧。

别啊，内容来源我都想好了，不劳你操心。我明儿去路口摆个茶摊，给过路人提供茶水。只要他们给我讲个鬼神故事，我就不收茶钱了。这么一来，还愁没有故事写？
蒲松龄

刘 向
这主意不错！那你就去写呗，请教我什么呢，编故事都不会啊？

要说编故事，谁能编得过你啊，你看看你那《山海经》写的，我一个写小说的，都不敢像你那么瞎编。
蒲松龄

刘 向
我可要纠正你，《山海经》不是我写的，我只是整理了一下而已。而且那里面的故事也不是瞎编的，它可反映了远古先民们的不少思想呢。我给你举个例子你就明白了。比如，《山海经》里有一种鱼，叫鱼妇。据说颛顼死的时候，正好有大风从北面吹过来，海水被风吹开，一条蛇从海里游了出来，变成了一条鱼，颛顼的魂魄就趁着这条蛇还没有完全变成鱼的时候，托生到了它的身上，死而复生。再比如大家都熟悉的精卫，她本来是炎帝的小女儿，死后却变

刘 向

成了精卫鸟。这种生命的循环往复、不断延续，正体现了远古时期人们对于生死的朴素认知。《山海经》里还记载了很多能够长生不死的人，"有不死之国，阿姓，甘木是食"，这个国家的人只吃甘木，就能够长生不死。还有一种，"三面一臂，三面之人不死"，这个种族的人一个头有三个面，一条手臂，永远也不会死。这其实也体现了先民们的生命观——对于死亡的恐惧，反映了他们对于生命的质朴热爱。

蒲松龄

这样啊……说来惭愧，我看这些故事的时候，一直在看它有多怪异、多有趣，都没有关注到这些深层次的内容。

刘 向

这是正常的，毕竟它的内容确实很怪异，而这些内涵也要思考以后才能领悟到。其实我想说的是，在鬼神故事中表达思想，只要把故事好好地讲出来就行，有思想的人自然会去思考的。要是强行安排，反而显得生硬。

蒲松龄：嗯……你说得有道理，我再琢磨琢磨。顺便，我刚看见你家仆人拎了一壶酒进来，不如拿来一起喝啊，边喝酒边思考，人生一大快事！

刘向：去你的吧，我算是知道了，你根本不是来问我问题的，而是来喝酒的！

特别推荐

# 我终于拥有《山海经》了

前一阵我听那个有很多藏书的老头说,他有一部插图版《山海经》,里面画着九头的蛇、三脚的鸟、生着翅膀的人,还有没头的怪物,这怪物没有头,就把自己的两个乳头当成两个眼睛,这也太奇怪了吧!我让他把这书借我,他说找不到了,真是气死我了!对了!我的压岁钱还没用光,我要去街上买一本!可是……路程太远了,家里人是不让我出去的。唉!我鲁迅什么时候才能看看这些图画的模样啊!

"哥儿,有画儿的小人书,我给你买来了!"咦?原来是我的保姆长妈妈放假回来了,只见长妈妈手里拿着一个纸包,笑呵呵地向我递来。我一瞅,有点发旧的四本小书,啊!这不就是我一直想要的插图版《山海经》吗!

这可给我乐坏了!我翻开书一看,里面果真有三脚的鸟、九头的蛇!再往下看,《海内经》这一篇的图画中,有两个人正在田地干活呢,边上还有字:**"后稷播百谷。稷之孙曰叔均,始作牛耕。"**意思是,后稷播种庄稼,他的孙子叔均就开始使用牛耕地。这不就是我们常见到的农业生产的场景吗?他俩可真厉害!再翻到《大荒北经》，里头也有文字，说："**叔均乃为田祖。**"意思是，叔均是耕田的祖先。原来那个时候的百姓就会耕地了啊！

再往后翻，《海内经》里画了一只鸟，旁边写道："**噎鸣生岁十有二。**"意思是，这只叫作噎鸣的鸟发明了一年中的十二个月。一只鸟能有"年""月"的概念？我怎么有点不信呢？

《大荒西经》里还有一幅画，显示的是一个人在顶天，边上写道："**帝令重献上天，令黎邛下地。下地是生噎，处于西极，以行日月星辰之行次。**"意思是，帝颛顼命令重托着天，命令黎撑着地，才把天和地分开；黎的儿子噎，生存在最西边，掌管太阳、月亮、星辰的运行顺序。虽然这看起来十分不可信，但我细细想来，这也算是上古时期先民对天地万物的思考了！

再往下看，《山海经》里还有关于先民科技成果的记载。说到农业生产情况，《海内经》里是这么写的："**西南黑水之间，有都广之野。后稷葬焉，其城方三百里，盖天地之中，素女所出也。爰有膏菽、膏稻、膏黍、膏稷，百谷自生，冬夏播琴。**"意思是，在西南方黑水流经的地区有一片特别大的田野，后稷死后就埋葬在这里。这块田野方圆三百里，是天和地的中心，神仙们就在这里下凡。这里有许多粮食，不管是冬天还是夏天，炎热还是寒冷，播种的植物都能生长。哇！古代的农业生产条件可真好！一年四季都能播种呢。要不是这本《山海经》，我还以为古代先民们的生活条件特别落后呢，看来他们是很有智慧的！

《山海经》的图画真有趣，不知不觉就把它看完了，关键是，我竟然忘记吃晚饭了！过几天我还要去老头家借图画书。哼！下次他一定会借给我的。

## "归墟"和"五神山"

传说中国古代有三大仙山，分别是蓬莱、瀛洲和方壶，据说它们是神仙住的地方。其实一开始有五座仙山，后来两座沉入海底。《列子·汤问》中对这几座仙山的由来都有介绍：

**渤海之东不知几亿万里，有大壑焉，实惟无底之谷，其下无底，名曰归墟。**

在渤海以东不知几亿万里的地方，有一条深邃的海沟，叫作"归墟"，全天下的水流都灌注于此，但是它好像没有底，水位永远不升不降。在这个大海沟上有五座山，分别是岱舆、员峤、方壶、瀛洲、蓬莱，每座山高三万里，山与山之间相距七万里。山上的亭台楼阁都是金子和玉石建造的，飞鸟和走兽都是一色纯净的白毛。

**珠玕之树皆丛生，华实皆有滋味，食之皆不老不死。**

珠玉之树遍地丛生，花草果实都很美味，吃了会让人长生不老。

这里是神仙居住的地方。但是这五座山没有根基，随波逐流，上下颠簸，神仙们说不定哪天就被迫搬家了。于是神仙们集体向天帝诉苦，天帝派了十五只巨大的海龟前来，把大山顶在上面，分三批轮班，六万年轮换一次。但是，"龙伯之国"有个巨人，走了两步就来到了五座神山下，投下钓钩，一钓就钓起了六只海龟，并将它们带回了自己国家，烧灼它们的龟壳做占卜用。于是，岱舆和员峤两座山失去了海龟支撑，不堪重负沉入了海底。相传剩下的三座山，瀛洲就是今天的日本，方壶就是今天的澎湖列岛，蓬莱就是今天的舟山群岛。

欢乐谷

七嘴八舌

司马迁

我见识短浅，这些奇奇怪怪的动物我可没见过，唉，还是别来问我了。

没有头的怪物？三个头的鸟？您可真敢编！

蒲松龄

鲁迅

啊！我终于拿到了心爱的《山海经》，让我先睹为快！

扫码听乐死人的故事

图书在版编目（CIP）数据

乐死人的文学史. 战国篇 / 窦昕主编. -- 北京：石油工业出版社，2020.8

ISBN 978-7-5183-3960-0

Ⅰ.①乐… Ⅱ.①窦… Ⅲ.①中国文学－古代文学史－战国时代 Ⅳ.①I209

中国版本图书馆CIP数据核字(2020)第070825号

**乐死人的文学史·战国篇**
窦昕　主编

出版发行：石油工业出版社
　　　　　（北京安定门外安华里2区1号100011）
网址：www.petropub.com
编辑部：（010）64523616　64252031
图书营销中心：（010）64523731　64523633
经　　销：全国新华书店
印　　刷：北京中石油彩色印刷有限责任公司

2020年8月第1版　2020年8月第1次印刷
710×1000毫米　开本：1/16　印张：12.25
字数：100千字

定价：38.00元
（如出现印装质量问题，我社图书营销中心负责调换）
版权所有，翻印必究

## "点亮大语文文库"系列图书

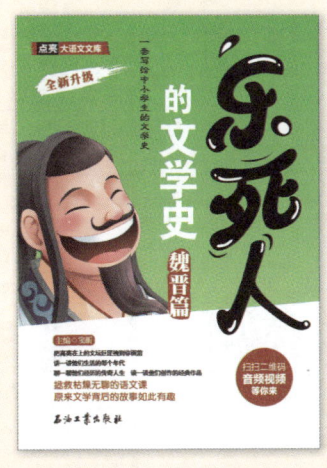
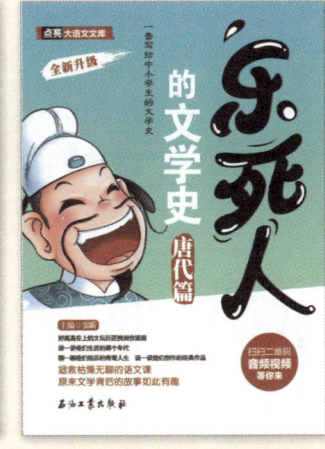
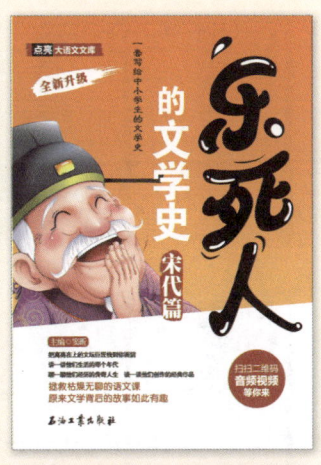
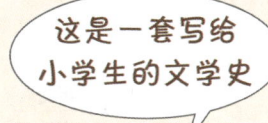

**搞笑、新奇、通透,这就是《乐死人的文学史》**

　　文学搭配历史,看看历史发展会对文学产生什么样的影响:盛唐气象必然会孕育出李白、王维的洒脱,靖康之耻必然会导致陆游、岳飞的悲壮。

　　知人论世:孟浩然是个胆小鬼,看见皇帝,居然吓得躲到了床底下;辛弃疾文武双全,仅仅带领几十个人就敢闯入几万人的敌军大营……

## "点亮大语文文库"系列图书

**这是一套文学必修课本,一套真正的大语文读本**

　　语文,包括语言和文字、文学、文化等方面,学校大都把教学的侧重点放在语言的习得上,而本书侧重语文中"文"的属性,以时间为序,以人物为纲,采用"知人论世"的方法,通过讲解与人物相关的时代背景、作者生平,为孩子们呈现文学背后鲜活的文人故事,进而帮助孩子们理解文学作品的内涵。

　　书中还辅以文学创作的新派技巧,帮助孩子们写出富有文采、别开生面的美文。

　　书中内容丰富生动,希望这套书能让孩子爱上语文,做有修养的人。